Satoshi Wagahara
Illustration Oniku
（日）和原聪司 / 著
（日）029 / 绘
邱琦愉 / 译

打工吧！魔王大人 9

百花洲文艺出版社

序章

俄福萨哈大帝国统治着安特·伊苏拉整个东大陆。

统率本国、拥有绝对权力的皇帝——统一苍帝所居住的王城及其城下的街市被称为"苍天盖"。在这片覆盖了整个安特·伊苏拉的蓝天下，这个名号突显了王城的庄重与建筑的宏美，以及一国治天下的伟大。

过去，魔王军曾令东大陆——不只是俄福萨哈，也包括整个安特·伊苏拉——都陷入了恐慌。不过就连魔王的心腹，四大天王之一，压制着俄福萨哈的恶魔大元帅艾尔西尔都为这份美丽和伟大而心动，还炫耀苍天盖城与居住于此的统一苍帝一族为其所有。

"这些就是这一年来记载在历史书上的内容，不过这是真的吗？说到你这个人，总觉得你不会喜欢这么奢华的东西，毕竟还得花钱来维护呢。而且这么大的面积，打扫起来也够呛了。"

出于防御，苍天盖城的内部幻化成了复杂的迷宫。

在这城中的上层，那个唯有贵族才能进入的场所，一个身材高大的男人开口说道。他身披一件一尘不染的长袍，底下是一件印着"I LOVE LA"的廉价T恤。

他的身边跟着一个身强体健的铠甲骑士，不过长袍男开口的对象，是被扛在铠甲骑士肩上的人。

"……"

这个全身上下穿着极其普通的人，即使被人搭话，还是一副默不作答的样子。看来是失去意识了。

"还没醒过来吗？大概是出手太重了吧。算了，总之先把他绑在'宝座'上。等他醒过来之后，多少会闹一阵吧。不过也不要紧，你可别想着自己摆平，一定要叫我过来。"

长袍男对着铠甲骑士下了命令。铠甲骑士一边点头一边反问：

"加百列大人，这男人到底是什么来头？他和恶魔大元帅艾尔西尔有什么关系吗？"

被称呼为"加百列"的男人浮现出一抹淡笑，摇了摇头：

"你还是不知道为好。估计告诉你之后你就干不成活儿了。那样我就得自个儿扛着他了，这可够累人的。"

加百列的话让铠甲骑士不满地皱了皱眉头。

"恕我直言，本人好歹是俄福萨哈八巾骑士团之首——极负盛名的正苍巾骑士团的成员之一。不管有什么万一，绝不可能发生无法完成任务的情况。"

"是吗？那我就直说咯？你扛着的这个男人，就是恶魔大元帅艾尔西尔……看吧，我本来不想说的。给我好好站直呀。"

铠甲骑士就那样扛着衣着朴素的男人当场瘫坐在走廊地面上，与仅仅数秒前所说的截然不同。

"虽然现在做了点特殊措施封印了他的魔力，不过等他醒过来，估计三两下就能解除。所以我才叫你到时要告诉我……喂喂，你这可不行啊。所以我才不想说的啊。"

刚刚还夸口说自己是正苍巾骑士团的铠甲骑士已经惊恐到连眼睛都无法定焦了。

"唉，真想让你们瞧瞧这个令你们那么害怕的艾尔西尔在超市犹豫盒装鸡蛋该买六个装还是十个装的模样。好啦，乖乖。"

加百列从陷入游魂状态的铠甲骑士手中抱起晕厥的艾尔西

尔——芦屋四郎，接着快步朝苍天盖上层走去。

最后，他来到位于苍天盖城天守阁的宝座之屋。

全身上下穿着优夷库服饰的魔王城主夫芦屋四郎被放置在宝座之上，这里原本应该坐着统率整个俄福萨哈的统一苍帝。

"很怀念吧？不过对你来说，接下来要发生的大事会让你更加怀念。好好期待一下吧。"

加百列将芦屋丢在这个位于天守阁里的大寺院中，差不多与露天体育馆等大的宝座之屋，这么说着并微微一笑。

"不过，我倒是很想在那件事里搅和一下，总比跟风有趣吧？"

加百列自言自语地耸了耸肩。突然，这个堆满各种奢华家具的房间里响起一阵不太搭调的电子音乐。

"哦，哟，终于来了吗？"

加百列从长袍之中掏出那个音源的物体。

屏幕上的来电显示标明着未知来电。

加百列完全不掩饰自己的愉悦，接起了电话。

"喂，你好，这里是越后屋。啊，搞错了，是三河屋……好啦，抱歉抱歉，我只是想说着玩玩啦。你好，我是加百列。"（注："越后屋"与"三河屋"均为日本著名商家。）

一开口的玩笑似乎不太待见，立刻被对方骂了几句。

"哟，你居然知道我在东大陆……哦？是他说的？真佩服啊，看来他那个智将之名也不是虚有其表呢。嗯？不不，这我可不会说，不过我确实是在东大陆的某个地方。另外一件事也告诉你好了。再过不久，艾米莉娅也会到我们这边来哦。"

加百列从头到尾都是一副我行我素的节奏，享受着对方的反应。

第一章 魔王、決定親征

放在耳边的手机传来几次呼叫音之后，对方接起了电话。

"喂，小川吗？你现在听电话方便不？啊啊，呃，突然打电话给你真不好意思，大后天的轮班你能帮我顶一下吗？是啊是啊。啊，不用一整天的，只顶半天也没问题！白天晚上都没问题。哦哦，真的吗？太感谢了！下次我再好好跟你道谢……咦？不不不，这件事你还是自己跟她说吧，我实在是……嗯，好。那就拜托你啦，真是太谢谢你。好，是的，对……"

挂上电话，他便在置于简易被炉上的轮班表上填了一个"OK"。

"好嘞，接下来还有谁呢？加藤妹已经拜托她帮忙顶了两天，孝太和小彰他们……之前说过要忙考试来着，应该没戏了吧……"

轮班表旁边放了一张标题为"职工名单"的纸，和轮班表一样，上面用一些只有书写人才看得懂的记号将人名一一进行了分类。

"剩下的就是……偏偏在这个时候排了星期天晚上的班……茂大哥说过周末不想上班，洋子姐和小三的排班大概也有重叠了。"

他如此这般地念念有词，来回盯着轮班表和职工名单查看。

"现在看看，凭这么点人手居然还能搞咖啡厅啊……以后要是开始做外卖可怎么办？"

思路一时偏离了，他赶紧摇摇头，重新看回轮班表。

"所以我必须在一周内摆平啊！我看看，龙太晚上不行……"

第一章
魔王,决定亲征

青年挠着脑袋,耳中却——

"真是麻烦耶。"

响起一个年轻女孩的笑声,似乎一点都不觉得麻烦。

然而,这个房间里只有青年一人。那么这个声音的主人身在何处呢?

"确实很麻烦啊。店长不在的话我就必须留守,如果我也休假了,那店里就没有负责人了。"

"负责人就必须留守吗?"

"我说啊!"

黑发青年真奥贞夫有点火大地对着那个从刚才起一直说笑个不停却看不见人影的声音念道:

"就是因为必须留守才叫做'负责人'啊!我现在忙得很,你给我安静点!"

明明知道抵抗无效,但真奥还是一边挠头一边叫着,试图让那声音安静下来。

"你会吵到邻居的耶,真奥。"

那声音完全没有消停的迹象,还"咯咯咯"地笑得很欢乐。

"总之再撑个两天半就能排班了。"

"那不就好了嘛。真奥,我们快去找姐姐大人吧。"

"等我头脑冷静一下,再来进行下一波电话攻击!不管是谁都好,帮我代个班吧!"

"我还以为魔王应该是更有威严的家伙,结果却是这么没骨气。"

若是回应对方反而会觉得有趣,因此真奥决定不去吐槽这些也不知是有意还是无心的挖苦言论。

真奥站起身来捶捶腰准备休息一下,然后打开了位于厨房的冰箱。

"咦？我之前买的帕里帕里君的薯蓉味冰棒……"

"啊，抱歉。被我吃了。"

"你这丫头！那玩意儿太受欢迎，现在都不生产了，暂时都没得卖了呀！可恶！"

刚刚决定不予回应的，结果只过了五秒，恶魔之王因为自己心爱的冰棒被掠夺而难得地怒吼出声。

"真奥哥?!真奥哥，你没事吧?!发生什么事了？"

精神错乱到以脑袋撞击柱子的真奥因这从屋外传来的慌张声音而恢复神志。

"是、是小千吗？"

"是、是我。那个……我刚刚听到很大的叫声，请问，你、你没什么事吧？"

屋外传来的那个声音正是真奥职场上的后辈，知道真奥等人真实身份，且经常一起目睹地球之神秘的日本女高中生，佐佐木千穗。

"没、没事。不，也不能说什么事都没有，不过也不算是大事。小千，我马上给你开……"

"好像有人跟千穗在一起耶。"

"啥?!"

真奥原本正准备开门，却意识到大脑中那个风波肇事者的声音略带几分认真，不过由于刚才那些一来一往的对招，真奥不由得口气有点冲。

"那、那个，真奥哥，如果你现在不太方便，那我待会儿再来……"

"啊？不，抱歉，小千。我没什么事。不是小千的错，总之，

你先进来吧。"

千穗似乎被他刚刚那番凶狠的口气吓到了,真奥一边安抚她一边给她开门。

"真、真的没问题吗?"

千穗战战兢兢地窥探房间内部。

"你……你好……"

千穗旁边出现了一个同样一脸狐疑看向他的人,铃木梨香。

"哦哦,是你啊。那个,你身体好些了吗?"

"还、还行吧。给千穗添了不少麻烦。"

被人这么一问的梨香笔直地看着真奥和千穗的眼睛这么回答,倒是千穗有点不好意思。

真奥内心也有些意外。

三天前,梨香造访魔王城时发生的事情,简直可以形容为惨剧了。

梨香不像千穗,对于荒唐事和超常现象没什么免疫(这也是当然的)。第一次卷入与安特·伊苏拉相关的事件,令她完全崩溃。听说这三天来她都躲在自己家里昏睡。

而这三天里,千穗都通过电话、邮件或直接上门拜访的方式,帮梨香进行精神方面的恢复。但是……

"你刚刚在说什么太受欢迎了,现在都不生产了?是不是之前买的帕里帕里君被谁吃了?"

"呃……"

没想到这些话会被人听去,真奥一时也语塞了。

"啊?帕里帕里君怎么了?"

"千穗你不知道吗?帕里帕里君有一款很少见的冰棒口味,好像是薯蓉味来着,那东西大受欢迎,都供不应求了。"

"有这么回事啊！"

对于市面上流行情报相当敏感的OL梨香所知道的信息，千穗似乎并不熟悉。

冰棒被夺的悲哀，自己那声惨叫被听去的羞愧，以及眼前莫名其妙开始漫谈起来的帕里帕里君话题都让真奥感到有些无地自容。

"先、先不说这个了，你们来找我有事的吧？虽然没什么好招待的，不过还是进来吧。"

在真奥的催促下，千穗带头走进了魔王城。

"打扰了。啊，真奥哥，不介意的话请收下这个。"

千穗一边照顾着身后的梨香，一边以愈加开朗的声音说着进入魔王城，并将手上提着的购物袋递给真奥。

"这是来的路上买的，不介意的话。"

"哦，谢啦……呃?!帕、帕帕里君！而且是薯蓉味的！"

"咦，真的？"

真奥确认袋子里装着的正是失而复得的传说中的冰棒，发出一声惊叹。梨香也惊愕地看着真奥手里的冰棒包装。

"我也不知道它这么缺货，就这么买了。"

千穗指着印在塑料袋上的店名。

"刚好我家附近的那家酒铺有，就买了过来。"

"不是吧！最近这玩意儿太热销了，到处都买不到呢！谢谢啦，小千！"

"是吗？你乐得收下我也高兴。"

梨香一语不发地看着笑容满面的千穗和迫不及待撕开冰棒袋子开始大快朵颐的真奥。

"那、那个，真奥……"

第一章 魔王，决定亲征

梨香对着沉迷于冰棒的真奥开口道。

"啊，哦哦，抱歉。你们先进来吧。"

真奥这才察觉客人被自己置之不顾，于是赶紧邀她进屋。然后梨香眼神认真地回望他，说道：

"惠美和芦屋……果然不在了，是吧？"

"嗯，是的。"

真奥的右手无比珍惜地拿着冰棒，顶着一本正经的表情点点头。

没错，换做平常，那个兼任冰箱与厨房之主的男人绝对不会放任真奥那些冰棒被人擅自消灭的事态发生。

芦屋四郎，即恶魔大元帅艾尔西尔这个人物不在自己身边——自统一魔界事业开创以来，真奥还是第一次遇到这种状况。

芦屋被真奥与惠美的共同敌人——安特·伊苏拉的大天使加百列掳走了。

就连因征战安特·伊苏拉失利而流落到异世界日本时都一直跟随在旁的忠臣不复存在，对于真奥来说，这种事态简直等同于失去了一条手臂。

而据加百列所说，那个阻止真奥征服安特·伊苏拉大计，并一路追到日本来的宿敌——勇者艾米莉娅·由斯提纳，即游佐惠美也被囚禁在安特·伊苏拉的某个地方。

"到头来，还是没能从芦屋和惠美的父亲口里问出个所以然，之后更是连问都问不上……所以今天我才拜托千穗带我一起来这里问清楚真相。"

"真相？"

"就是关于铃乃、漆原、芦屋、真奥的事情，更重要的是，关于惠美的事。我听千穗说了,你后天会启程到一个什么地方找惠美。"

"啊,哦哦……可是,为什么连铃乃和漆原的事也……"

千穗到底跟她说了多少事情啊。

真奥偷偷往旁边的千穗瞥了一眼。千穗也发现了,赶紧摇摇头。

"我亲眼看见漆原和铃乃以超乎常人的跳跃能力冲进雨中,也看到了真奥飞到空中后消失不见了。而且我听芦屋说了,惠美其实并不是地球人。之后,芦屋又被一群奇怪的人抓到,然后也消失了。"

由此可知,不管是真奥,还是住在魔王城隔壁,Wira·Rosa笹塚202号室的安特·伊苏拉圣职者克丽丝蒂娅·贝尔,即镰月铃乃,都还没对梨香的记忆进行任何操作。

而今天,梨香跟着千穗来到这里。

来到这栋位于东京一角,聚集了各种神秘人物的公寓。

"如果你知道惠美,知道我那位朋友的事,请告诉我。"

梨香在寻求挚友游佐惠美的真实情况。

听完梨香的话,真奥朝202号室一侧的墙壁望去,然后淡淡地叹出一口气。

"哎呀,别这么紧张啦。既然你想知道,我就全部告诉你吧。不过再等一会儿。等铃乃和天祢小姐……就是救下你的那个女人,等她们回来再说比较方便。"

"好的。我就再等等吧。"

见梨香应得这么决然,看来她已经克服受到的打击了。

她顺着真奥的话点点头,接着进了屋,来到简易被炉旁边,慢慢入座。

第一章
魔王,决定亲征

"你也真够胆量的。"

"打击也不算小了。别看我这样,其实我已经吓到发烧睡了两天。"

梨香苦笑着。

真奥看出那笑容里多少掺了些勉强,不过若是继续追究,也未免太不通世故了。

"铃乃小姐出门了吗?"

"嗯?啊,是啊。今天一早就跟着天祢小姐到某个地方去了。"

"是、是去医院吗?"

"嗯?不不。"

真奥觉察到千穗一脸担心的缘由,摇摇头说道:

"不是。她们似乎没受什么伤。今天早上还活蹦乱跳的呢。"

"咦?"

千穗一副难以置信的模样大叫出声。

这也难怪了。毕竟住在魔王城隔壁的铃乃被牵扯到三天前那场与梨香相关的骚乱中。在激战中,她为了保护千穗,被恶魔的爪子从肩膀到胸口划开了一个口子,伤情相当严重。

即便铃乃是异世界安特·伊苏拉的圣职者,法术如何如何精通,以千穗的常识来看,那种伤绝不是三天就能治愈的。

"是啊,天祢小姐也说这一点很奇怪。不过你也是知道的,但凡重要的事,那家伙都不跟别人说。"

"是啊。"

千穗点点头。

他们说的天祢,就是曾聘用过真奥和千穗,在千叶县铫子镇经营海之家"大黑屋"的店主,也是魔王城所在的这栋公寓,

Wira·Rosa笹塚的房东志波美辉的侄女，大黑天祢。

房东志波和其侄女天祢，都算是日本人——至少是地球人，但不可思议的是，她们似乎从一开始就知道真奥等人的真实身份。尤其是天祢，已经好几次使出连身为魔王的真奥都无法想象的强大法力。

"天祢小姐……应该会回公寓来吧？"

"嗯嗯，她的行李都堆在铃乃房间呢。"

这三天里，天祢都在铃乃的房间里留宿。

而千穗担心的是，天祢会像在铫子镇那回一样，使出神秘力量之后就消失不见。

直到今天，天祢仍没有说明到访笹塚的原因，而且她的身份至今也不明朗，所以真奥和千穗还无法完全相信她。

"算了，反正她们说过中午过后就会回来，我们就等等吧。"

"好、好的……对了，差点被铃乃小姐吓到忘了。真奥哥。"

"嗯？"

"那个孩子呢？"

她的声音与脸色似乎可以感觉出一些阴险，那该不会是真奥的错觉吧？

"你是问亚西艾丝吗？她在哦，在这里。"

真奥有点无奈地将自己的太阳穴指给她看。

从刚才起，他大脑中响起的那个声音的主人就一直吵着让真奥衔着的帕里帕里君薯蓉味给她咬一口。

"这里……难道说，真奥哥你?!"

"我、我也没辙，她似乎就是这么个系统。老实说她现在也正闹腾着，如果放她出来真的会胡搞瞎搞，那可就麻烦了。"

真奥的话听着就像在找借口，千穂的表情眼看着越来越阴

沉。

"要跟铃木小姐解释的话,总得提到亚西艾丝!请把她,放出来吧!"

千穗一脸愤然地揪住真奥的前襟,一边说还一边摇晃着他。

"哇啊啊啊,别摇了,小千。冰棒要掉了!我知道,我知道了!别再摇了!我还不太习惯这种模式,不好集中精神啊!"

趁还没发生什么命案,真奥七手八脚地挣脱掉千穗,然后撑着些许晕眩的脑袋,朝无人存在的空间伸出手。

"呃……出来吧,亚西艾丝!"

在真奥喊出这一句的同时,他的身体也瞬间放出一层淡紫色光芒。

近在眼前的现象令梨香猛地瑟缩了一下,可惜唯独这一瞬间,千穗根本无暇顾及梨香的感受。

"真奥,那个冰棒让我咬一口。"

从真奥体内放出的淡紫色光芒并非出现在他伸手的前方,而是在他身后凝成一个固体。

她的年纪比千穗稍小,一头日本人不可能拥有的美丽银发中掺了一缕紫色刘海,就这么突然从原本一无所有的空间出现了。

只不过不妥的是,她一出现就手脚并用地熊抱着真奥。

不仅如此,挂在真奥背后的她试图去咬他嘴上的冰棒,对真奥心有所属的千穗看到这一幕,自然无法淡定。

"亚、亚、亚、亚西艾丝,你在对真奥哥做什么?!"

"嗯——搭档之间的肢体交流吧?"

"亚、亚西艾丝,你干什么?!快下来!"

将亚西艾丝召唤出来的真奥同样被吓到了。

虽然之前真奥不曾试过凭想象将她召唤出来，但也用不着以这副模样现身吧。

"嗯，真奥脸皮真薄耶。"

"问题不在这里！谁要给你咬一口啊！你还不是擅自吃掉我那一份！"

"这个和那个是装在不同的胃啦！"

"你的日语唯独对自己有利的时候才说得那么顺溜！我绝对不会让给你的！"

恶魔之王与神秘少女为了一根冰棒扭打在一起，开始了让人看不下去的争夺。就在这时——

"到——此——为——止——了！"

"哇哦！"

"哇啊啊！"

千穗强行介入两人之间，硬是将亚西艾丝从真奥身边扯下来。

"千穗！你干什么呀！"

"袋子里也有亚西艾丝的份，不可以抢真奥哥的冰棒！"

"可是——抢别人嘴里的会比较好吃啊……"

"那也不可以！"

"哦哦……好吧。"

或许是被千穗那拼命的模样吓到了吧，被扯开的亚西艾丝居然乖乖地从千穗带来的购物袋里拿出一根与真奥那根同口味的冰棒。

"哦哦，亚西艾丝居然肯听话……小千你真厉害……"

真奥望着千穗的背影，佩服地低喃道。

"真奥哥。"

"在、在！"

其实千穗并没有指责的意思，但真奥看到转过身的她略带杀气的表情之后，还是不由得站直了身体。

"你要是把亚西艾丝宠过头，当心阿拉丝·拉姆斯回来会吃醋不理你哦。"

"哦、哦？"

"而、而且，那、那样也太不妥了！或许你们之间存在很多缘由，但亚西艾丝毕竟是个女孩子啊！"

"这、这个嘛，虽然这么说有点卑鄙，但是亚西艾丝真的不肯听我的话……"

"我不是说这个啦！"

"呃?!"

真奥拼命辩驳，但他总觉得与满脸通红瞪着自己的千穗对不上号。

"大、大白天的，就跟女孩子进行这么激烈的肢、肢、肢体交流，是、是不妥的！"

"小、小千……你是不是误会什么了？我可没有……"

"这也是没办法的嘛。谁叫我和真奥是身心合一的呢！"

"唔！"

"小、小千！你、你冷静点，那只是一种语言的修饰！亚西艾丝你也是！明明对日语只懂皮毛，为什么偏偏知道那么多俗语啊！"

亚西艾丝这番话怎么听都像是在挑衅千穗，不过先不论心灵，身体合一这一点倒是属实。

亚西艾丝的一头银发之中掺了一缕紫色发丝。

由组成安特·伊苏拉那个世界的宝珠——"卡巴拉生命之

第一章 魔王，决定亲征

树"所生的孩子都有这个特征，而真奥和千穗身边还有一个人拥有相同的特征。

她就是与勇者艾米莉娅所持的"进化圣剑·片翼"相融合，将魔王真奥与勇者惠美视作父母的小女孩——阿拉丝·拉姆斯。

而亚西艾丝宣称自己是阿拉丝·拉姆斯的妹妹，虽然从双方的个头来看实在难以置信。

或许是因为同为姐妹，两人都拥有相同体质。正如阿拉丝·拉姆斯与惠美的关系一般，亚西艾丝也能与真奥融合，并在三天前的事件解决过程中派上了用场。

不过事后亚西艾丝就一直与真奥融为一体，看来和阿拉丝·拉姆斯与惠美的情况一样，若要现身，就不能与身为寄主的真奥离得太远。

原本就很自来熟的亚西艾丝在融合之后，对真奥的态度更是变本加厉，总是黏着真奥不放。对于平日接近真奥的女人，千穗并不会表露嫉妒情绪，但这会儿她实在是坐不住了。

不过就在这时——

"你叫梨香是吧？梨香要吃冰棒吗？"

亚西艾丝突然对为难的真奥与气得发抖的千穗失了兴趣，转而朝无所事事在一旁听着三人对话的梨香递出冰棒。

"我、我就不用了，谢谢。"

被拒绝的亚西艾丝有点沮丧。

"真奥哥。"

"在、在。"

沐浴在千穗那冰冷视线下的真奥不由得采取了正坐的姿势。

"游佐小姐和芦屋哥能早点回来就好了呢。"

"您说得正是！"

真奥想也没想就以敬语回答了。

看着这三人之间那层不可思议的角力关系，梨香感叹道：

"真是莫名其妙。"

就在她歪着脑袋这么低语的时候——

"哦，铃乃姐姐发来邮件了。是不是快回来啦？"

真奥那部有点过时的手机收到了信息。

原来是外出的镰月铃乃发来的，说是大概再有三十分钟就能抵达公寓。

"噢，太好了！我早上还拜托天祢姐帮我买冰棒回来呢！"

"你到底要吃多少冰棒啊！吃坏肚子我可不管哦！"

虽然知道对方不会有所回应，但真奥还是忍不住要念叨几句。

"算了，既然铃乃和天祢小姐要回来了，应该会开始讨论怎么营救惠美、阿拉丝·拉姆斯、芦屋和惠美的父亲。轮班的事晚点儿再考虑吧。"

真奥一边收拾简易被炉上的轮班表，一边这么说着，正准备让大家安静的时候——

"我说……"

"哇啊！"

一个并非在场人所有的虚弱声音突然响起，梨香顿时吓到腿软。

除了亚西艾丝以外，所有人都将视线投向了壁橱。

"没人记得我也就算了……不过你们能不能消停会儿。我和贝尔不一样，还没痊愈呢。你们大吵大闹会震到我的伤口发疼。"

第一章
魔王，决定亲征

壁橱的门只稍稍拉开一条缝，恶魔大元帅路西菲尔，也是魔王城最多烂债人，自称一流尼特的漆原半藏从中探出一张怨恨的脸。

　　　　　※

惠美和芦屋都被困在安特·伊苏拉。

其实这个描述并不恰当。

毕竟惠美是从安特·伊苏拉出发一路追着魔王真奥，而芦屋原本就是侵略安特·伊苏拉的恶魔。

真要说的话，安特·伊苏拉原本就是两人该待的地方。

然而，这两人确确实实被困在该回去的地方。

事情的起因是，惠美为了搞清楚自己的父母在安特·伊苏拉到底处于何种地位，以及他们两人过去经历过些什么，才决定回老家一趟。

而当时就连身为宿敌的真奥也完全没料到那个堪称全世界最强人类的惠美居然会身陷险境。

可直到过了约定日期，惠美还是没回来。当然，与她所持的"进化圣剑·片翼"融为一体的阿拉丝·拉姆斯也没能回来。

由于公司导入新业务而打算去考取摩托车驾驶执照的真奥，因为太担心阿拉丝·拉姆斯，结果没能通过考试。

之后，惠美还是一直没回来。在这期间，真奥决定去重考一次，结果却在赶赴考场途中遇到一对奇怪的父女。

这对自称"佐藤宏""佐藤翼"的父女在三鹰天文台站上了真奥所乘的公车。很明显地，他们对于日本的生活并不熟悉。

糊里糊涂和他们扯上关系的真奥在第二次费心费力的考试

中也一直被纠缠不休。

但在这非本意的纠缠中，他得知佐藤宏其实就是本应死于魔王军侵略战中的惠美父亲，诺尔德·由斯提纳；而佐藤翼则是卡巴拉生命之树所生的阿拉丝·拉姆斯的妹妹，亚西艾丝·安拉。

就在真奥忙着处理这对佐藤父女所引起的神展开之时，最近常在真奥身边出没的魔界高级恶魔——马纳勃郎西族的首领之一却出现在千穗就读的幡北高中。千穗陷入与恶魔相对峙的窘境。

铃乃和漆原赶着去救援，但那个场面碰巧被惠美的朋友铃木梨香看到了。于是对于安特·伊苏拉一无所知的梨香缠着芦屋询问真相。

拗不过她的芦屋正准备松口之时，原本应该去拯救千穗的真奥靠着亚西艾丝的力量从驾照中心一路飞了过来，将诺尔德丢在魔王城之后又飞走了。

最后，魔王城里就只剩下梨香、芦屋和诺尔德三个人。

就在这三人准备讨论这一连串发生的情况时，加百列率领了俄福萨哈镶苍巾骑士团袭击了Wira·Rosa笹塚。

在铫子那家海之家"大黑屋"的店主大黑天祢介入之下，保住了梨香的平安，但诺尔德和芦屋就被加百列掳走了。而在千穗学校的那个马纳勃郎西族首领利维库克则凭借同一战线的大天使加百列的神力，将铃乃和漆原打成重伤。

在铃乃和漆原之后赶到千穗学校的真奥学着惠美与阿拉丝·拉姆斯融合那样，与亚西艾丝融为一体，获得强大力量击退了利维库克和卡麦尔。

但是，他能做的也仅此而已。

对于知道千穗、铃乃和漆原被重伤、芦屋和诺尔德被掳走、

第一章
魔王，决定亲征

惠美和阿拉丝·拉姆斯被囚禁于安特·伊苏拉等等情况的真奥来说，这种情形相当于败北。

真奥可是一介魔王。

Wira·Rosa笹塚则是魔王城，笹塚更相当于是魔王城的城邑。

芦屋四郎、漆原半藏、佐佐木千穗、镰月铃乃，以及既是宿敌也是勇者的游佐惠美，都是他这位魔王撒旦亲封的恶魔大元帅。

为了新一轮征服世界的计划，他们是真奥亲自认定的，必不可少的"部下"，也是"同伴"。

身为上司兼主人的真奥，保护部下就是他的责任。

他一定会让那些胆敢与真正的魔王军作对的蠢货尝尝苦头。

于是，魔王撒旦在日本"同伴"的助力之下，决定率领新生魔王军，由日本出发，亲自出征圣十字大陆安特·伊苏拉。

※

"不是吧……"

真奥的视线茫然地徘徊于空中。

"居然，会有这种事！"

"真奥哥……"

听着这个掩盖不住懊恼的嗓音，千穗不由得伸出手安慰性地拍拍真奥的肩膀。

"但这就是现实。或许这现实对你来说有点残酷。"

这个对着已经失魂落魄的真奥泼冷水的人，正是克丽丝蒂娅·贝尔，即镰月铃乃。

"以现在你的能耐，也就那点程度罢了。"

"铃乃小姐！你说得太过了！"

"可……恶……"

真奥不甘心地以拳头捶击榻榻米，捶击声在屋里轻轻回响着。

"为什么……怎么会……"

真奥咬牙切齿，眼神悲怆地瞪着铃乃，用尽全力地嘶吼：

"为什么你会比我先考到驾照啊?!"

"真奥，你好吵。"

壁橱里传来漆原的声音，似乎真的很难受，但这件事实在令真奥很介意。

真奥瞪视的前方就是一脸假正经的铃乃，她手上那张发出刺眼光芒的卡片，正是写着镰月铃乃并贴着她的大头照的驾驶执照。

"我只是觉得需要就去考了。因为我觉得就你的情况来看，在启程之前应该是不可能再考一次了吧。"

"那你……那你……"

真奥突然一个转身跑到窗边，指着楼下庭院嚷嚷道：

"那你也用不着一拿到驾照就骑着小绵羊回来吧！你是来讨嫌的吗！是来讽刺我的吗！"

在Wira·Rosa笹塚的庭院里，真奥的爱车"杜拉罕二号"旁边停着一辆在阳光底下铮铮发亮的轻便式摩托车，而且还是在业界里深受好评的本田Hyro Roof(注:恶搞日本丰田摩托车"Gyro Roof")。

车子顶棚是标准配备，又是安稳性极佳的三轮式，不论天气状况如何都能运送轻量货物，因此很受送货员欢迎。

第一章 魔王,决定亲征

"千穗,真奥为什么会那么暴躁啊?"

难得千穗买来的冰棒让真奥恢复了一点心情,结果铃乃一回来又让他暴躁起来。被吓到的梨香忍不住向千穗询问原因。

千穗露出为难的笑容,在梨香耳边悄悄说道:

"真奥哥已经考砸了两次。第一次是笔试没过,第二次是因为实操前赶来救我……"

"哦哦。"

"你是来找茬的吧?!麦丹劳外送用的就是这种摩托车!这还不叫讽刺我?!"

"我也没办法啊。如果没有驾照,就算我买了摩托车也没办法开回来,所以就只能去考了。"

铃乃在千穗身边坐下,神情严肃地仰望真奥,对他的怒火视若不见。

"难道你想不靠任何工具就在安特·伊苏拉上做长距离移动?"

"呃……不,这个嘛……"

"以我和你的能力,一飞上天肯定会被察觉。对方毕竟有加百列、卡麦尔和马纳勃郎西族首领这样的人。"

"可、可是落脚的地点基本上缩小了范围……"

"那个落脚点最好是就算被他们察觉到'门'有开合的动静,我们也能立刻藏身,否则就没搞头了。"

"话虽如此,可、可是骑车的话……安特·伊苏拉可没有燃油啊。如果不想被对方探知到圣法气和魔力,也可以在当地买匹马……"

"你会骑马吗?"

啰啰唆唆的真奥被不耐烦的铃乃一喝斥,立刻噤声了。

"还不知道要在安特·伊苏拉逗留几天呢!相应的行李也少不了的!而且我们也不知道能不能控制好'门'。我们的行动必须速战速决!既然如此,当然要把能够做好的准备功夫都在日本做好!还是说怎么着,你想骑自行车横穿安特·伊苏拉大陆吗?就算现在准备马匹,你来得及去挣这笔钱吗?"

"……"

真奥找不到话反驳,只好赌气地坐到窗边。

"我是没骑过马,但说到骑双足飞龙,我可不会输给别人……"

不管安特·伊苏拉在地球人看来有多么不寻常,但那里的人类也不会饲养双足飞龙。

"唉……听好了,魔王。"

"干吗?"

"你看清楚,那摩托车是单人座的。"

"哦哦。"

"就算是在日本法律管不着的地方骑车,但要跟你共乘一骑的事我还是能免则免。"

"啊,所以?"

"罚、罚款要两万日元哦。"

对"共乘一骑"这个词反应过度的千穗脱口说出一句奇怪的话。

"千穗,那个罚的是自行车啦。摩托车是有扣分和罚款两种。"

梨香悄悄吐槽了一句。

"所以……"

"哦,什么?"

第一章
魔王，决定亲征

铃乃那唇形优美的口中——

"我买了另一辆摩托车给你。反正在安特·伊苏拉骑车也不需要驾照。"

吐出了这么一句不得了的话。

"另……一辆？"

"是啊。"

"摩托车？"

"是啊。"

"你买的？"

"不然还有谁？"

铃乃很干脆地回答。屋里的空气顿时凝固了。好一会儿之后——

"不是吧！"

"真奥，你真是……太吵了。"

"从、从、从以前我就觉得不可思议了，你到底是多有钱啊！"

真奥的惨叫再次惹来壁橱里漆原的抱怨，但不止真奥，连千穗也有些震惊。

"虽、虽然我不是很懂行情，但也知道摩托车没那么便宜啊！"

"确实不便宜，但那也不是新车。天祢大人待会儿就会把另一辆骑回来。两辆车所有费用加起来差不多五十万日元吧。幸好店老板整修得不错，所以很快就拿到车，真是帮了个大忙。"

她口中不痛不痒地甩出"五十万"这个数字。

"五……五十……五、五……五十万……"

真奥大脑里排列出一串不曾见过那么多的"0"，随即就倒下了。

"真、真奥哥！真奥哥！你、你振作一点啊！"

"没、没事吧？脸色好像很不好啊。"

千穗和梨香迅速跑到以标准姿势倒下的真奥身边。

千穗忧心地看着脸色苍白，冷汗密布的真奥，亚西艾丝的后脑勺却突然挤进了她的视野。

"好吧，我来做人工呼吸吧噗唔唔！"

"他还在呼吸！不需要人工呼吸！亚西艾丝乖乖去那边吃冰就好！"

千穗拼了老命似的把亚西艾丝从真奥身边拉开。

"总觉得，跟我做好准备要接受的发展不太一样啊。"

梨香看着亚西艾丝和千穗之间不明所以的争论，又见手边有把蒲扇，于是姑且拿起来给真奥扇扇风。

这时，远处隐约传来一阵引擎声，来到公寓楼下就止住了。楼梯那边也传来声响，紧接着魔王城的大门就被拉开了。

"哎呀抱歉，本想抄近路的，结果迷了路。不过我在一个很便宜的地方加了油……咦，这是怎么回事？"

抱着头盔的大黑天祢一身皮肤晒得黝黑，一条大马尾辫也显得乌黑亮丽。屋里躺平的真奥和正在格斗的千穗与亚西艾丝，令她双眼立刻瞪圆了。

千穗、铃乃、梨香、天祢、亚西艾丝——魔王城里的女性密度从没这么高。在这城中，恢复意识的真奥还是有些脸色发青，正躺在地上呻吟着。

"两辆共五十万日元啊……该说是准备得很好呢还是说准备得太好了，不觉得太花钱了吗？有必要做到这种地步吗？"

第一章
魔王，决定亲征

听了真奥的话，铃乃倍感无奈，于是将目光投向坐在房间角落一边吃着冰棒一边旁观事态发展的亚西艾丝。

"确实，现在你的能力是极具压倒性的。从艾米莉娅与阿拉丝·拉姆斯融合时的情况来看，说不定单凭你魔王一人就能摆平加百列和卡麦尔。但是你别忘了，这一次对方手里可是有艾尔西尔、艾米莉娅和阿拉丝·拉姆斯当人质。虽然到最后都免不了一战，但是不到最后一刻，都必须做好心理准备，尽一切可能，迅速而隐秘地完成行动，避免与敌人接触。"

"居然敢绑架姐姐大人，那些人真是蠢透了。死刑！"

"哎呀呀，亚西艾丝，你看看，冰棒快掉咯。"

天祢的提醒已经没有意义了。亚西艾丝今天的第二根冰棒从手中滑落，落到榻榻米上。

"啊啊啊！我的冰棒……天使，不可原谅！"

"啊，我来擦吧。"

千穗利落地跑到流理台，拧了一条抹布回来。

"千穗，不用丢掉！可别浪费了。"

"啊？哦，好……"

千穗将捡起来的冰棒交还给亚西艾丝，然后把榻榻米上的黏腻擦干净。

亚西艾丝似乎也不介意碰过榻榻米的地方，就那样继续吃起冰棒。

"那个，我想问个问题……"

梨香在此时举起了手。

"啊啊，真是对不住啊，梨香大人。都怪撒……都怪魔王吵吵闹闹的。刚刚还在给梨香大人说明原委来着。"

铃乃突然转身面向梨香。

她的容貌并没有更改,眼前的光景也是一如往常的魔王城。

要说唯一不同的,应该是铃乃当着梨香的面称呼真奥为"魔王"吧?

"嗯、嗯,看你们好像很忙的样子,真抱歉在这种时候来打扰。不过我想问,你们……到底是什么人?"

听到梨香这个几乎和当初自己所问一模一样的问题,千穗竟萌生一种奇怪的感慨。

"欸,难得有机会,不如让千穗来讲讲吧。"

"啊?"

天祢突然指名让千穗来解释。

当事人千穗则手执抹布,目瞪口呆。

"让真奥或铃乃来讲解,估计梨香也不明白哪些可信哪些不可信吧。不过千穗和梨香处于同一立场,就这一点来看,应该比较具有客观信用。"

"嗯嗯,这样也不错。"

铃乃同意了这个建议。渐渐从混乱中恢复过来的真奥也朝千穗投去认真的眼神,看来他也觉得这样不错。

"大、大家觉得可行的话,我也无所谓……铃木小姐觉得呢?"

"这个……在这之前,我有件事想问问。千穗好像对真奥和铃乃他们这些不可思议的状况见怪不怪呢,其实你是一个使用超能力与恶人大战的高中女生吧?就像漫画那样?"

"噗。"

对于千穗那个问题,梨香的回应算是某种程度的想歪了。

"呃,这个……该怎么说呢?"

若是在稍早前,她还能说自己不是那种人。不过现在她学

第一章 魔王，决定亲征

会了安特·伊苏拉的一种法术，也就无法干脆地否认了。

代替无言以对的千穗，真奥开口道：

"小千是不一样的。一开始跟我们一点关系也没有，她只是我打工那地方的一个后辈而已，是那种很典型的女高中生。"

"一点关系也没有，只是一个后辈"这句话有点伤着千穗了，不过她也知道真奥不是有意这么说的，因此也没有插嘴。

"不过跟你这次的遭遇一样，她被卷入我和惠美之间的事，所以得知了一些真相。她遇到比你这些还恐怖的事，但小千说不想忘记这一切。所以她一直跟我和惠美混在一起。"

"千穗，真是这样吗？"

梨香对于千穗那份觉悟似乎没什么真实感，便询问道。千穗稍微沉思了一会儿：

"要这么说的话，也是吧……"

虽说梨香这次也体验到被奇装异服的骑士团袭击……

"要我自己说的话，我第一次意识到真奥哥他们拥有过人能力的，应该是差点被坍塌的高速公路压到那一次……"

"什么？"

千穗不以为然地说出这些话，却听得梨香整张脸都僵住了。

接着，千穗还一个接一个地数着手指：被绑架到都厅顶楼，被全副武装的大天使天兵连队包围，在极近距离看群魔乱战，被魔力击中而住院，在东京铁塔里飞来飞去地战斗，还有凭着自己的意志两度与巨型恶魔斡旋……

"虽然现在说有点晚，不过我还真庆幸自己能安然无恙。"

她就这么做了一句总结。

"……"

梨香的脸色有些难看，那不是错觉。发现这一点的千穗赶紧表现出自己很有朝气的一面：

"啊、啊啊！不过，每次真奥哥、游佐小姐和铃乃小姐都会赶来保护我，所以实际上也没受什么伤。"

"可、可是你不是遭遇过很可怕的事吗？事实上，你还住院了……"

"那、那是因为，那个，是不可抗力吧，或者说基本上都是我自作自受。而且当时也没什么大问题，第二天就出院了。"

梨香心中的惶恐明显是被刺激到了，千穗着急得不行。这时，真奥伸出了援手。

"其实啊，你也可以忘了关于我们的一切。要不要相信我们这些荒唐话也是你的自由。不管你做出什么结论，我们都会尊重你的意志。不论你要不要选择忘记我们的事，今后我们一定尽全力，确保你不会遭受危害。"

"嗯嗯……"

"如果你不想再跟我们有瓜葛，那也无妨。但我们绝对不会不去保护你。若是你觉得今天已经够累了，也可以改天再谈。啊，不过我们会出一趟门，可能得等我们回来再继续了……"

"都、都听到这份上了还让我回去，只会让我越来越在意，越来越恐惧……不、不过，请问，你们要去的那个地方，是不是很危险？"

"嗯……差不多吧。"

"反正不像在日本国内旅游那般安全就是了。"

真奥和铃乃都很坦承。

梨香来回看着这两人的脸，又战战兢兢地询问：

"那个，如果惠美真的不在日本，而是去了那个不是地球的什么地方，那不是已经有好一阵子了吗？惠美她，不会有事

吧？那地方对惠美来说不算安全是吧？"

"是啊。"

真奥、千穗和铃乃，就连壁橱里的漆原也像突然清醒过来般，出声回答了这个问题。

"怎、怎么会？"

"那个，虽然这么说你听着可能觉得不近人情……不过关于惠美有没有受伤、有没有危险之类的，我觉得，你大可……不必担心。"

"咦？"

真奥小心措辞继续说道：

"惠美的强大，比你想象中的人类基准高出很多。"

"之、之前来救我的时候，她说脚骨骨折了，不过现在想想，她当时也是很快就痊愈了……"

千穗也有点难以启齿地说着。

"那个，虽然我不知道该举什么例子才能让梨香大人听得明白……"

"回到安特·伊苏拉后，以游佐的身手，别说是刀枪了，就算是坦克从她身后突袭，我想她也能毫发无伤。"

"她是在演漫画吗？！"

铃乃和漆原的话让梨香忍不住吐槽了一句。

但是真奥很冷静地接受了梨香这句吐槽。

"嗯，你这个反应算是普通的了。不过反过来说，能让那么厉害的惠美无法回来的状况，问题绝对不小。我比较担心的是，惠美会回不来不是因为生理上而是心理原因。"

"咦？"

"哦？"

"嗯？"

"啊？"

不知为何，以冷静态度接受那番吐槽的真奥所说的，却似乎不被千穗、铃乃、漆原接受，都大吃一惊地看着真奥。而真奥也诧异地回望他们三个。

"干、干什么啊你们？我说了什么不对劲的话吗？"

"他自己居然没发觉？"

"看来是没发觉了。"

"真奥哥……我，很高兴。真奥哥果然是个很善良的人。"

"搞、搞什么啊？"

"怎么回事……"

真奥感到莫名其妙，梨香更是一头雾水。

"不，没什么……"

"欸嘿嘿嘿……"

漆原与铃乃异口同声地说道，只有千穗一个人笑得很开心地看着真奥。

这种敷衍又无解的反应让真奥感到有些不舒爽，接着他又看向梨香：

"总、总而言之，就算是惠美不怕被坦克轰，但毕竟也是个人类。虽然在力气上不输给别人，不过人类这种生物不总是会被各种人情世故绊住脚吗？假如惠美真的遇到麻烦，我倒觉得很有可能是因为这一点。另外，或许你已经知道了，那个叫阿拉丝·拉姆斯的娃娃因为某些原因必须和惠美待在一起，所以我们也必须考虑到那孩子的安全。或许在你看来，现在的我们很慢悠悠，但这些时间刚好让我们了解状况和做好准备。"

"唉，总觉得你说得太笼统，没什么真实感……"

第一章
魔王，决定亲征

信息量多到无法整理，梨香以手抵额，双目紧闭。

"那么，你有什么打算？该解释的都解释完了，要跟我们断绝关系吗？"

"我说过了，等我全部问个一清二楚再来做决定啦。"

这个回答倒是挺干脆。

"这样哦？"

"千穗当时也是这么做的吧？那我也想这样。我想等自己完全了解惠美这些事之后再来考虑。"

"真让人怜爱呢！"

"天姐，让人怜爱是什么意思啊？"

"就是可爱到让人忍不住想紧紧抱住的意思呀。你看，就像这样——"

天祢和亚西艾丝在外头闹腾，千穗也没管她们，自顾转向梨香说道：

"在还没开始跟你说明就说这种话或许有点狡猾，不过……"

"千穗？"

"我……希望游佐小姐，可以多一个真正的朋友。"

"……"

千穗这句话让毫无防备的梨香一时无语，迷惑地看向四周。

她看了看真奥、铃乃，以及从壁橱中仅探出一张脸的漆原，然后叹着气转回千穗的方向。

"只要不撒谎就没关系，这话也并非全对。其实我也有些不能轻易向人提起的事情。"

"铃木小姐？"

"我不会被千穗的话影响。相反，我要好好去理解。所以，告诉我吧。把惠美和真奥的事,一字不漏地告诉我。"

梨香的口吻一如往常,以蕴涵着强烈意志的瞳孔看向千穗。

千穗露出一个温柔的笑容:

"那我就从开始认识真奥哥那会儿说起……"

她缓缓地诉说起真奥、惠美,以及关于安特·伊苏拉的一切真相。

"呼——"

从千穗那儿听完所有原委之后,梨香重重地叹了一口气。

"这也难怪惠美会讨厌真奥了。"

她皱着一张脸瞪向真奥。

"你相信我的话?"

"芦屋的消失,铃乃和漆原的大跳跃,还有真奥与亚西艾丝的飞天,这些可都是在我眼前发生的啊。"

除此之外,配合千穗的解说,铃乃还拔出发簪变成大锤,真奥也表演了和亚西艾丝融合的一幕,就算梨香再不愿意,也不得不相信了。

听到千穗的问题,梨香备感疲倦地点点头。突然——

"哇啊啊啊啊啊!我……真是受不了,太丢人了!"

她抱着脑袋前俯后仰,又倒在榻榻米上翻来覆去。

"铃、铃木小姐?"

"太丢人了,真想挖个洞埋死自己算了!"

"怎、怎么了,发生什么事?"

真奥也被梨香的反应吓住了。只见她泪眼汪汪地爬起身,来到铃乃的正前方,拽起她的手。

第一章
魔王，决定亲征

"梨、梨香大人？"

"铃乃，对不起，真的很对不起！你忘了那天的事吧！我这个人什么都不懂，却说出那种话……真是对不起啊！我都羞愧到想死了！"

"那、那天的话是指？"

梨香这番突如其来的忏悔令铃乃目瞪口呆。

"就是我和铃乃第一次见面的事啊！哇啊啊！我干吗要那样擅自抓狂说那些蠢话，自己一个人闹腾个什么劲儿啊！我真的以为……哇啊啊啊啊！"

"哦哦，是说那个时候的事啊。"

被说到这份上，铃乃也终于想起了那件事。

在梨香第一次见到铃乃的那天，她误会铃乃是跟惠美争夺真奥的情敌，说了些多管闲事的话。

"可是，那个误会是在我的诱导下产生的，而且那会儿不也当场解决了吗？梨香大人原本就无从得知我们的事情，会烦恼也是……"

"问题不在这里啦！确实我不知道这些事情，可偏偏要在芦屋面前……哇啊啊啊啊啊！"

"嗯、嗯？"

虽然觉得有些不对，不过铃乃姑且还是先抱住哭泣的梨香，轻拍她的后背。

"没事的。是我们不好，一直隐瞒你。梨香大人没做错什么。"

"哇啊啊啊，太丢人了！"

铃乃很努力地安慰哭到满脸通红的梨香：

"铃、铃木小姐，你没事吧？"

"总觉得，好像有些事情……接受不了的样子。"

千穂和真奥两人面面相觑，相较于真奥和惠美的真相，似乎还有什么更具体的事情让梨香受到很大的打击，不过倒是可以知道，她并没有讨厌他们。

"现在的年轻人啊，思维真是灵活呢。"

似乎唯独在这种时候，天祢才会对梨香的反应感到惊讶。

"嗯、嗯，总之，铃木梨香也接受了。"

"谁接受了！等惠美和芦屋回来，我该拿什么脸去见他们啊！"

"差不多，该讨论一下在安特·伊苏拉的行动计划了吧？"

虽然真奥不清楚具体细节，不过看来，梨香不知不觉地在铃乃、惠美、芦屋和他自己之间埋下了一个威力不小的地雷。

不过若是把时间用在安慰上未免太浪费了，所以真奥无视了梨香的反应，拿起放在简易被炉上的几张纸。

"这些是芦屋事先写好留下的关于东大陆的情报地图。看来那家伙从一开始就认为，惠美遇到的麻烦跟东大陆，也就是俄福萨哈有关。"

"为、为什么？"

依旧抱着梨香的铃乃只把脸蛋转向真奥问道。

"这个我也不知道。估计主要是因为受奥尔巴教唆的马纳勃郎西族们把那里当做根据地了吧。奥尔巴与千穂不同，他是唯一一个知道惠美的能力和出身的人类，而且俄福萨哈正在挑起一场面向全体的战争。要挑事也得掂掂分量啊。把那个拿出来，漆原。"

"嗯。"

漆原听从真奥的指示，从壁橱里伸出一只手。

那手上拿着一张皱巴巴的名片。

第一章 魔王，决定亲征

"这是什么？"

千穗从那手上接过名片，上面记着一组手机号码。

"这是加百列的手机号码。"

"什么?!为什么这东西会在这里？"

"为、为什么天使会有手机号码啊？魔王和天使居然都用手机打电话，那是什么热线吗?!"

对于异世界的大天使拥有手机这个事实是否抱有疑问，如实地体现出千穗与梨香之间的经验差距。

"不过，多亏了那个木头脑袋留下这张东西给漆原，我才能确信芦屋、惠美、阿拉丝·拉姆斯以及惠美的父亲都在俄福萨哈。"

"确信？这话怎么说？"

听到真奥这番有点跳跃的话，千穗歪着头表示疑惑。

而真奥的回答极其简单。

"我给他打了电话，他全招了。"

"他的话，可信吗？"

千穗很清楚加百列的为人，会这么说也是无可厚非的。

毕竟他的性格根本捉摸不定，在真奥等人可见的范围里，他的行动没有任何连贯性，有时像是跟他们对着干，但有时又会做出一些对他们有利的行动。完全看不透他的真心。

"我知道你想表达什么。"

真奥苦笑道。

"只不过就这一次来看，既然他都特地来找我们了，没理由会再作假。惠美那边也一样，如果他不开口，我们这边也不会有行动。"

"也有可能他们预料到我们会这么想，打算以此反将我们一军吧……"

从加百列那里得到联络方式的漆原面露难色地说道，真奥听完，神情严肃地朝他点点头：

"所以啊，我才要叫你留在日本，以防万一。"

"我知道啦。不过得等我伤愈后再干活哦……"

漆原的调调原本就没什么气势也没什么干劲，现在更是比平常弱势了。

"漆原，你不和真奥哥一起去吗？"

千穗发出倍感意外的声音。

真奥亲征安特·伊苏拉这件事从一开始就决定由铃乃陪同。只要有增幅器，她就可以使出"门"的法术。

虽说千穗已经学会了概念传送的法术，但她不会幼稚到妄想跟他们到安特·伊苏拉去，毕竟那与在日本遇到的遭难是不同等级的。

她的肉体强韧度根本不及铃乃的一根脚趾，如果就这样上战场，真不知会给真奥等人增添多少负累。三天前铃乃和天兵连在笹幡北高中的那场对战已经让她充分了解了这一点。

但漆原就算再怎么堕落，好歹是个恶魔大元帅。别看他现在这副模样，当时赶来解救千穗时他就发挥出相当的能力，回到安特·伊苏拉之后，应该可以成为战斗的主力。

"应该说，我们不能带他去。"

终于从梨香那里解脱出来的铃乃回答了千穗的疑问：

"经过多番计算，考虑到来回，光是我和魔王就够勉强了。而且……"

铃乃望向窗边的亚西艾丝。

"她比我想象中重得多！"

第一章 魔王，决定亲征

"我可没那么胖哦！真没礼貌！"

亚西艾丝抗议道，但铃乃说的并不是这个。

"而且，去的时候就不必说了，回来的时候可是得带上艾尔西尔和惠美的父亲。若有艾米莉娅的帮助，用来打开'门'的圣法气也可以配了。但是通过的人越多，'门'就越难控制。能有所余力是最好不过的。"

"而且，如果那些家伙趁我们不在期间在这边搞出些什么名堂，我们也不好办啊。如果又是盯上小千和铃木梨香，情况可就大不妙了。所以以防万一，漆原就留在这里。"

"若是什么都没发生，留在这边倒是轻松了……噗，好痛痛！"

虽说事到如今，她已经不会再怀疑真奥和漆原的能力了，但是在无法令他们发挥实力的日本（听说的），实在很担心单凭一个漆原能防备到什么程度。

真奥察觉到千穗内心这个想法，朝她点一点头。

"没事的。就算有个万一，还有天祢小姐在呢。"

"就知道你会这么打算。"

天祢把吃完的冰棒木棍远远地投进垃圾桶，然后露出一个放弃挣扎的笑容。

"我到这儿来可不是为了这种事啊。"

"那你到底是来干什么的，也该告诉我们了吧？"

直到现在，天祢都不曾表明到底来笹塚干什么。

但就收留天祢的铃乃所见，她那个塞了满满一行李箱的东西不外乎是些衣服、钱包、化妆道具和手机充电器，似乎也不是为了什么特殊的理由才到笹塚来。

"我不是说过了嘛！都怪你们几个，害得海之家的生意一

041

塌糊涂，我老爸回来后狠狠骂了我一顿，还叫我不要再啃老，把我赶了出来。"

这两三天里，天祢一直重复这番论述，仿佛为了证明自己真的没有什么目的。

若是芦屋在这里，大概就趁机以此为由把漆原赶出去吧。

"谢天谢地，铃乃能收留我。来之前已经跟小美伯母联系过了，还以为她会留一个空房间开好门等着我呢。"

天祢像个小孩子一般鼓起脸颊，万念俱灰地叹了一口气。

"不过嘛，说到有什么礼可以回报你的包吃包住……就帮你们保护千穗和梨香吧。从某层意思来看，这也算是我的义务。"

虽然不懂她所说的"义务"是什么意思，不过既然有了天祢的承诺，真奥也能安心了。

听梨香说，三天前天祢不管被加百列绑走的芦屋和诺尔德，唯独救下了梨香一个，不过就真奥的考虑，估计她是不想危害到那两人的性命安全才不出手的。

"那么……铃木梨香，你怎么打算？要消除记忆吗？老实说，那样对你来说是绝对安全的。"

"比起消除记忆，我宁愿让那天的事一笔勾销啊……唉。"

虽然铃乃已经解脱了，但梨香还是很介意"那天"发生的事。

她摇了好几次脑袋，最后还是口气坚定地说道：

"我听到你们刚刚的话了，老实说，我还是觉得很害怕，也有很多点觉得摸不着头脑。但是……总之，我想先跟真实的惠美见一面，好好谈过之后再做决定。"

"铃木小姐！"

千穗露出愉悦的微笑。

第一章 魔王，决定亲征

"这样啊。"

真奥也轻笑一声，很爽快地点了点头。

对于梨香的这个决定，铃乃和天祢也没有任何怨言。于是所有人的目光再一次落到简易被炉上的纸。

"那么，回到话题上。加百列没有说出芦屋到底在俄福萨哈的哪个地方，不过我大致上心里有数。"

"嗯嗯，说说你的依据。"

铃乃点点头催促他往下说。真奥指着那张记录了俄福萨哈几个主要城市的地图。

"天界、奥尔巴和马纳勃郎西族的家伙都盯上了惠美的圣剑，这一点你是知道的吧？加百列和拉贵尔都在寻找惠美的父母，从这一点上来看，他们绑走惠美她父亲的理由也可以理解了。但是，有必要连芦屋……连艾尔西尔也带走吗？"

"所以？"

"巴巴利提亚知道我们和马纳勃郎西族不睦，以奥尔巴的立场来看，艾尔西尔回到安特·伊苏拉，恢复恶魔的形态，就会变成一个很难对付的对手。这一点他应该是明白的。加百列也是一样，在东京铁塔上的那一战，唯一能抵挡住他攻击的就是艾尔西尔。但是，这个对哪一方来说都是个大麻烦的艾尔西尔，被加百列带回去了。也就是说，那些在俄福萨哈鬼鬼祟祟的家伙，从艾尔西尔身上发现了足以抵过那些劣势的优势。"

"所以我在问你啊，那些优势到底是什么？"

"加百列说过，'再过不久，艾米莉娅也会到我们这边来'。也就是说，惠美会到加百列和艾尔西尔所在的地方去。"

真奥一脸认真地俯视地图上的某一点：

"勇者艾米莉娅与恶魔大元帅在俄福萨哈会合能做些什

么？我能想到的就只有一种可能，即便那件事很无聊。"

他指向那一点。

"就是我与艾尔西尔……第一次见到勇者艾米莉娅的地方，即勇者艾米莉娅讨伐恶魔大元帅失利的唯一一处。"

打从一开始就知道这件事的千穗、铃乃和漆原，都微微瞪大了眼睛。

"俄福萨哈的皇都，统一苍帝居住的城堡，'苍天盖城'。"

第二章 勇者，为故乡而迷惘

"你到底想干什么?"

看着这份被送到自己所在房间的物品,惠美以冰冷的声音问道。

"你看了还不明白?"

男人脸上游刃有余,指着摊放在桌面上的东西这么说。

"你想自杀吗,奥尔巴?居然给我武器?"

大法神教会的六大神官之一——奥尔巴·美亚,曾经是与惠美共同讨伐魔王撒旦的战友,如今却无疑成了她的敌对方。他带来的那件物品,一眼就可以看出是极为高级的双刃剑,以及一套全罩式的铠甲。

而且这铠甲的样式并不是惠美现在被囚禁的俄福萨哈,而是西大陆的圣埃雷。

"当然啦,这是有原因的。我要你明天到皇都苍天盖去一趟。"

惠美皱起了眉头:

"你是要我去觐见统一苍帝?我听说俄福萨哈面向全世界宣战,其目的就是圣剑,你该不会是打算把我连人带剑地献出去,以求停战吧?"

对于这个统治俄福萨哈的统一苍帝,惠美只见过一次。

只记得,那是一个老皇帝,就算今天或明天就油尽灯枯也不足为奇。

听到惠美这个问题,奥尔巴轻轻将手抵住下巴,微微一笑:

"嗯,虽没猜中但也没猜偏,差不多是这样吧。"

"啊?"

第二章
勇者，为故乡而迷惘

"总之，艾米莉娅，你应该记得，法伊冈这里离苍天盖是有一段距离的。用'门'的法术也无法一步到位抵达那里。如果那个圣剑小奶娃有什么必需品，就趁今天跟女仆要齐。明天早上就出发。"

说完这些话后，奥尔巴便转过身，整个后背都毫无防备地离开房间。

惠美在脑内描绘出往那后背刺上一剑的画面，实际上却只是老老实实地等着房门上锁的声音。

"到底在搞什么啊……"

等到情绪冷静下来之后，惠美才靠近奥尔巴留下的那套铠甲和宝剑。

"看来是普通的铠甲和普通的剑。"

她不敢随意地触碰，谁知道那上面有没有设下什么机关。

就算再怎么仔细端详，也没找到任何奇怪的地方。而且这铠甲和宝剑的样式比圣埃雷司令官级别所用的还要高级。

惠美自己在得到"进化圣剑·片翼"和破邪圣衣之前，身为教会骑士之一的她也有一段时期穿过与这样式相似的铠甲。

"剑也开好锋了，不是仿造品。他究竟有什么打算？"

想想被带到这儿来后的情况，奥尔巴应该很清楚给惠美配了武器，凭她一己之力，绝对有可能毁灭整个法伊冈军港。

但事实上，惠美不会这么做。她内心也很厌恶这个软弱的自己，而奥尔巴将这些东西派给惠美，还要她走陆路前往皇都苍天盖。

她想起当初讨伐魔王撒旦一战的旅程。

当时，惠美、奥尔巴、艾美拉达和阿尔华德也是将这最初登陆的法伊冈军港作为俄福萨哈的根据地。

她隐隐约约记得，当时他们很谨慎地走过被芦屋，即艾尔西尔控制的东大陆，花了大约一周的时间才抵达皇都苍天盖。

而且当初抵达皇都苍天盖之后，由于还要继续东行，并没有即刻与艾尔西尔展开决战……

"有必要花那么多时间把全副武装的我弄到苍天盖那儿去吗？"

惠美与铠甲的头盔对峙了一小会儿，最后重重地叹了一口气，倒进床铺里。

"早知道会遇到这种事，上次旅途中就不该把交涉和动脑的事情全交给艾美和奥尔巴。自己多少也该动动脑筋……"

这番没出息的自言自语宣告了她的放弃。

惠美并不是不擅长头脑风暴或情报战，不过在政治能力和交涉手段方面，还是比内行人艾美拉达和奥尔巴略逊一筹。

如此一来，惠美和阿尔华德就无可厚非地要在出力方面多承担一些了。

而这种安排下的利弊，在日本那会儿已经彰显无遗了。

现在的她已经有所自觉了，与真奥相比，自己看待事物的眼光实在过于肤浅了。

"感觉魔王就是社长，而勇者只是个派遣职工呢。"

头脑中突然闪过以前的回忆。

那时铃乃还没完全成为惠美的伙伴。当时芦屋向梨香解释真奥与惠美之间的关系，就是以对立公司的职员来形容她的。

"总觉得，那是很久之前的事了……那个时候，阿拉丝·拉姆斯还没出现呢。"

惠美仰面倒在床铺上，呆呆地看着天花板。

"好想回日本啊……"

"妈妈？"

大脑中，融合状态下的阿拉丝·拉姆斯忧心地叫了一声。

惠美轻轻笑了一声：

"没事。我已经没事了。"

为了让这个小"女儿"放心，她这么说道。

"真的？"

"真的。因为有阿拉丝·拉姆斯在啊。"

惠美似答非答地说，然后爬起身，视线投向房门口的水瓶。

不知为何，那里有两个水瓶。

其中一个的瓶底堆积了很多黑色颗粒。

这些天来，惠美刻意留下那个有黑色颗粒的水瓶，以此让这个懦弱的自己心中保留一丝憎恨。

"不过，凭这么一丁点儿事，就让我失去斗志……奥尔巴他们到底有什么企图……我，还能战斗吗？"

水瓶瓶底的黑色沉淀，将惠美的记忆拉回了返回安特·伊苏拉的那一天。

※

彩虹色的"传送门"那端刚看到光芒，惠美手上就感觉到一股强劲的拉扯。

被拉住了。

那不是先行出发的朋友。

而是位于"传送门"另一端的那个世界。

下一瞬间，"门"内部出现螺旋般的景象，特有的数码声响也渐渐消失，耳朵里突然响起一阵耳鸣。

周围刮起逆风,惠美的身体再次坠入重力的牢笼。

"欸……咦咦咦咦咦?!"

睁开眼睛之后,惠美不由得叫出声来。

这里是个完全意料之外的地方。

她感觉到自己的身体在重力的作用下往下掉。

一秒,两秒,五秒,二十秒……过了好长一段时间,她依旧被重力拉着往下坠落。

"为、为、为什么是在半空……呃咳咳!"

大喊大叫的惠美不小心吸入几口稀薄的空气。

空气好稀薄。

混乱尚未平息的她往下一看,看到了一片云海。

"因为不知道有谁会在哪里偷看嘛。"

在"门"内做引导的友人那悠然的嗓音近在咫尺。

"我想有这么个高度,应该没有人能感知到了。"

"话虽如此,也太高了吧?!"

"门"的出口似乎在相当高的高空中。

放任自己往下坠落的惠美看到了覆盖在云海之上的满天星辰。

"啊……"

在这群星当中,她注意到有两颗散发出强光的星星正俯视着自己。

那是一轮蓝月,与一轮红月。

是地球上不存在的两轮神秘月亮。

这是惠美至今为止的人生当中,看过最多次的天空。

"艾米莉娅!要进云层了!小心眼睛和耳朵!"

一时的感慨让惠美失了神,不过身旁飘来的警告声令她回

过神，看向眼下的云朵。

"嘿！"

她在空中调整好姿势，闭上眼睛，一头冲入云海之中。

耳边穿梭着风和云的呢喃，不过与穿越"门"的时候相比，只有那么一瞬间而已。

惠美的身体很快就穿透云层，四周的声音又有了变化。

她睁开眼睛，随即便看到了——

"安特·伊苏拉……"

泪水从眼角落下，那是为了润湿被强风吹得干涩的眼睛。

虽然她是这么觉得的，泪水却是怎么也止不住。

她所陷入的这个状况，自从开始勇者的旅程以来就没有丝毫的改善，甚至是越来越复杂，越来越混乱。

而现如今，这里绝不是能让她安居的地方。

"我……回来了……"

这里是她那个遥远的故乡，曾经日思夜想，在梦里哭着索求的地方。

"艾米莉娅。"

情不自禁张开的双手，附上了友人的体温。

惠美看到了这位指引自己回到故乡的伙伴，独一无二的挚友——艾美拉达·爱德华的笑脸。

"欢迎回家。"

"嗯。"

惠美以空着的那只手擦去不再掩饰的泪水。

"啊哈哈！首先得去给你弄套衣服呢。"

虽然艾美拉达一脸干笑,但她和惠美的衣服一点都不干。不仅不干,两人都是一身泥泞。

"不过,还好行李都没事……"

"对、对不起!我也没想到着陆点居然是这么大的沼泽。"

艾美拉达一个劲儿地道歉。

艾美拉达之所以要把"门"的出口设定在一个超高的高度上,就是为了避免他人探测到这个"门"的巨大能量。

而"门"本身的开与关,与其说靠艾美拉达的式术,倒不如说基本上是靠惠美的母亲莱娜寄放在艾美拉达那里的天使羽毛笔。即便如此,还是会被人发现强烈的圣法气反应。

"门"关闭之后她们就开始自由落体,直到快贴到地面,艾美拉达才肯让惠美使用飞天的法术。

就算是在深夜抵达,也有可能被远处的人目击到她们的降落,若是施展法术时一边发光一边飞,会让附近镇上的警察或驻扎的骑士团起疑。

就现在安特·伊苏拉的政治情况来看,先不说惠美的回归,身为圣埃雷帝国的要人艾美拉达更是绝对不能留下单独行动的痕迹。

所以,做自由落体运动到接近地面,并在快贴到地面的时候施展法术,是最适宜的做法。

不过,如果就这样持续飞翔会耗费太多圣法气,所以她们原本打算以低空滑翔的方式做降落。但令人头大的是,作为着陆点的森林里有一片沼泽,所以惠美和艾美拉达只能在沼泽边上着陆。

当她们发现那里是沼泽,慌忙想改为上升,却也已经晚了。被滑翔风压卷起的泥水将惠美和艾美拉达溅得满身都是,结果两个人就在这一片漆黑的森林中，裹着一身臭烘烘的泥巴悄然出现。

"不过，还好啦。换个角度想想，说不定沾染上森林的气味就不会被野兽袭击了，而且行李包也没事……你看，就算这么折腾日本的手电筒还是能亮。"

惠美从这次回乡携带的大帆布包里拿出一个头灯并打开。

"对不起！"

在LED灯的白光中，满身泥泞的艾美拉达再次垂下脑袋。

"不用道歉了啦。比起我，你的问题更严重吧？那可是官服啊。"

惠美一边将头灯绑在额头上，一边说道。

"嗯……我就说在田间视察的时候摔倒好了……"

这理由听起来相当牵强，但惠美也不想去吐槽了。

"那么，这里是哪里？"

"这个嘛，我看看哦……呃……都是泥……"

艾美拉达从法衣的披风内侧掏出地图，不过这沾满污渍的地图让她哀叹出声。

这张放大的地图详细记录了惠美和艾美拉达的祖国，号称拥有西大陆最强国力的圣埃雷帝国的东部区域情况。

"艾米莉娅的家乡斯诺村就在这里，那我们现在应该是在这座森林里。"

艾美拉达指着地图上的某一点，接着手指滑动地移向纸上的西南方。

"沿着街道走，应该会遇到几个大村落或城镇吧。"

惠美的眼睛追着那根手指说道。

"也不知该不该算是幸运，这些地方没有一个还维持着战

前的规模……"

艾美拉达的情绪有些低落。

所谓的战前,是指魔王军入侵之前。

"那么……"

"是的,这个最大的要塞城市卡希亚斯里有大法神教会的司教直属教堂,所以复兴速度很快,但周边的村庄和城镇现在几乎还没开始重建。"

"什么叫几乎还没开始?"

惠美诧异地眨了眨眼睛。

"这怎么可能啊?我可是听说,这个村庄有公共马车的公会和军马牧场,所以相当繁荣呢。"

惠美指着位于家乡斯诺村附近的一个村庄。

结果艾美拉达却摇了摇头:

"这个嘛,我最近调查过后才得知。"

"嗯?"

"这件事对你有些难以开口。其实这一带的村庄在路西菲尔率领的西部侵略军攻击下,有相当多的村民死于非命。"

"这方面的消息我已经知道了,我没事的。然后呢?"

"好吧。然后,在我和阿尔在日本与你重逢的时候,这一带的土地所有权和开发权,似乎都被卡希亚斯的教堂买走了。"

"被教堂买走了?难道说,教堂打算全权控制复兴?哪有这种可能啊!复兴应该是土地所有者的国家……是圣埃雷帝国的职责吧?"

大法神教会的大本营设在西大陆的最西端,其影响力遍及包括西大陆在内的世界各地,是安特·伊苏拉最大的宗教,实力如何从他们拥有的几亿信徒就可窥知。

到头来，位居高层的圣职者拥有的权力反而远远超出了那些不靠谱的小国国王或贵族，这种事倒也不稀奇。不过圣埃雷的国力足以与教会正面抗衡，所以教会也不会一味地干涉。

更别说像卡希亚斯这样的要塞城市及其周边村落的复兴事业，国家不可能完全不介入而全权交由教会负责。至少在圣埃雷国内不可能有这种事……

"他们办事真懂得取巧呢。"

据艾美拉达说，路西菲尔领军的侵略战让原本身为土地所有者的村民死了大半，现在连土地的分界线都变得分不清了。

直到在中央大陆的最终决战将魔王撒旦与魔王军驱逐之后，圣埃雷自然为了推进复兴事业而在国内招募新的垦荒者。

与此同时，帝国也会投入为复兴运输资源的搬运工和前线指挥的骑士团。

"卡希亚斯这个要塞城市里有教会的直属教堂，他们首先通过投标参与了复兴事业，再获得卡希亚斯周边城镇复兴工程的所有管理权。"

听说教会加快了卡希亚斯的复兴进程，还扩大了市区街道的面积，宣称是修复城墙。

另外，他们还以极其便宜的价格将卡希亚斯新扩充出来的区域入住权卖给那些迁居到周边城镇的新移民。

比起乡下地方，进驻教会直属教堂脚下的大都市更能让新移民们展望未来。

那么，要有什么资格才能迁入各个村落进行复兴工作呢？

其实到头来，陆陆续续地迁入当地的都是些教会的相关人员。

也就是说，现状"变成"了——复兴工程完全没有任何进

第二章 勇者，为故乡而迷惘

展。

"慢、慢着，那圣埃雷的骑士团在干什么？卡希亚斯和各个村镇里不是都有他们的人吗？就算教会可以全权管理工程，权力还是有限的吧？再怎么说，这里还是圣埃雷的国土……"

"说起来真惭愧呀！"

艾美拉达闷闷地说：

"因为之前管辖这一带的人呀，是那个垃圾废柴丕平一伙。"

"垃圾废……欸？"

艾美拉达那张可爱小嘴里突然吐出的这个贬义词，让惠美大吃一惊。

"那个……你说的丕平，难道是指圣埃雷的近卫骑士团丕平将军？"

"别叫他什么丕平将军，充其量就是个丕平厨余。"

丕平·马克纳斯近卫将军统领着圣埃雷帝国的近卫骑士，事实上，他还是圣埃雷所有骑士团的领头人。

惠美曾在营救圣埃雷的皇帝时与他有过一面之缘，但是那种程度的照面只够让她回想起一个模糊的面容。

不过，从刚刚那番言论里可以听出，平日里情绪不外露的艾美拉达对他视如蛇蝎。

"为什么路西菲尔当初不干掉这只臭老鼠将军呢？"

"呃，艾美？"

"那些派来进行复兴工程的各位骑士团团长啊，负责教会势力的啊，都是这个废柴丕平老鼠调教出来的。真是可恨呢！"

"原、原来如此。"

"看来呀，卡希亚斯市内的圣埃雷骑士团的监督也是漏洞百出呢。不仅收受贿赂照着教会的吩咐通过了计划，还篡改了周边村庄的移民情况呢。那个粪球丕平呀，就是这个样子给大法神教会的人行方便，像只老鼠一样偷着乐呢！"

"嗯、嗯嗯……"

"这一带的复兴之所以没能照计划进行啊，一定是那个超龄将军在背后搞的鬼！"

"你到底有多讨厌丕平将军啊？"

既然艾美拉达说得这么笃定，那么这家伙绝不会是什么清正廉洁的好人，但是惠美还是对于这个连面貌都想不起来却被人喷得一无是处的将军感到些许同情。

"无奈他是个毛贼将军，老是揪不到他的小辫子，而且我们也搞不清楚他们刻意延迟复兴的原因。这次我出使皇都，也是以一个'视察'复兴计划延迟原因的名目来的。"

"原来是这样。"

"然后呢，这件事最大的问题是，烂丕平一伙可能已经将魔掌伸向艾米莉娅的故乡斯诺村了。"

惠美微微倒抽一口气。

"斯诺村毕竟是艾米莉娅的故乡嘛。拟定复兴计划时就非常谨慎，从一开始就打算没那么快着手，所以也不能单凭斯诺村的复兴进展慢就说有哪里不对劲。"

"也就是说，有可能是受到丕平将军，甚至是教会相关人员的严密监视？"

"没错，所以请你一定要多加小心。"

艾美拉达一边收起地图一边说：

"还有，这个身份证是给你的。"

虽然也是沾满污泥，不过还看得出是一块缀了烙印的木牌。

"这是用我的权限制作的身份证。不过还是得通过法术监理院来发行。黑霉将军一伙可能会对它印象不好。"

"听得我莫名其妙,至少叫他丕平吧。"

惠美苦笑了一声。

"你还真能这么顺溜地说他的坏话,就不怕在别人面前说溜嘴吗?"

"他们那边也在背地里叫我小豆丁花椰菜啊,大家彼此彼此嘛。"

这两个人绝对是生来就八字不合。

或者说,近卫骑士团和法术监理院原本就水火不容。

"不过,这人还真能罩得住呢。鲁玛克将军呢?"

惠美这个问题,让艾美拉达露出一个"你问到重点了"的表情。

"说得是呢,你肯定是这么想的吧。若是鲁玛克在国内,事情应该不会演变至此,对吧?"

艾美拉达叹气道:

"鲁玛克之前志愿担任参与中央大陆复兴工程的五大陆联合骑士团的西大陆代表。然后呀,在上次俄福萨哈面向全世界宣战之后,他就忙着往返于中央大陆和圣埃雷,根本没空待在国内。"

如果说丕平·马克纳斯是内朝将军,那么前线将军莫属于赫泽尔·鲁玛克了。

在启程讨伐路西菲尔侵略军、北大陆夺回战和进攻中央大陆的魔王城时,惠美都与他打过几次照面。

虽然两人交情不深,不过在有过几次共同奋战经验的惠美看来,他是一个才华不俗、光明正大的大人物。

"不过反过来想想,丕平那种又愚钝又口臭的家伙怎么可能跟鲁玛克一样可以在最前线进行激烈又高超的外交谈判呢？真是难以取舍呀！"

看来艾美拉达对于鲁玛克的评价很高。

总而言之，她弄懂了一点——在这里与艾美拉达分开之后，自己身边就几乎只剩敌人了。

"好吧，情况我大致了解了。若有万一我就用这个身份证。还有……"

"什么？"

"这个'EMI YUSA'（注：'惠美·游佐'的罗马拼音），应该就是我的假名了吧？"

"因为我觉得，还挺好理解的。"

若是假名与真实姓名相差甚远，假扮起来确实有些困难，不过这么一说，让她又想起另一个问题了。

"游佐惠美"并不是她的真名——虽然她经常忘记这一点。

"这个……嗯，算了，就这样吧。谢谢你。"

话虽如此，但一想到曾经的自己因为本名叫"艾米莉娅"而自称"惠美"（注：日语中的"艾米"与"惠美"发音相同），她也觉得没什么资格抱怨了。这块由法术监理院长官兼宫廷法术师艾美拉达·爱德华盖上发行印章的通行手牌被惠美珍而重之地放进了行李包。

"算了，反正我已经做好准备在野外露宿一周了，不会太靠近卡希亚斯的。到时候就在城外抓个旧衣商换套衣服，剩下的等我自己解决好了。身份证这东西，我想不到非不得已的时候就不用。"

"嗯，我觉得这个可以有。还有，这是我给你准备的路费，虽然不是给你买衣服的……这里面都是埃雷尼银币，用水洗一洗还是……"

艾美拉达点了一下头，然后很不好意思地拿出一个沾满污泥的皮袋。

惠美接过皮袋，手里感觉一沉。

"谢谢，我一定会以某种形式还你这份礼。"

"欸？不用了啦，就这点事算不上什么！"

"这是我的心意。"

虽说是不得已，但也不能白白拿人家的钱——这个观念已经深深烙在惠美的心中。

更何况以惠美现在的赚钱能力，这等分量的埃雷尼银币不管是换算成日元还是安特·伊苏拉的货币，都不是她能够轻易赚到的。

她再次掂量了一下这些银币的重量和重要性，用手蹭掉皮袋上的泥土。

"不过，城外的买卖只允许在白天进行，对吧……这个时候就觉得Denim Mate 24和堂吉·利·赫德（注：恶搞日本便利店'Season Mate 24'和'堂吉诃德'）很好。看来我对日本真是中毒太深了。"

"那是什么呀？"

"在日本二十四小时营业的服装店和杂货店。"

"欸欸？好厉害哦！原来日本那边有那么多人半夜去买衣服啊？"

"我倒是不会……估计是因为有人会去买，所以就把店开着了。"

"日本人真是勤劳呢！我真无法想象要怎样经营一家一整天都在营业的店。说到底，在那个时间还能工作的人才真叫厉害呢！"

惠美也不得不苦笑起来。

"这种事模仿也模仿不来的。正因为是在日本才有可能吧。"

以安特·伊苏拉的常识来说，会在深夜外出的人，只有巡逻的骑士和被他们逮住的酒鬼或罪犯，不管这片区域的治安有多好，若没有惠美那般的身手，单身女子独自旅行无疑是一种自杀行为。

日本的大多数体系之所以能够成立，是因为有99.99%的人都抱着不愿去犯罪的矜持，他们不想破坏和平，而是想过着无愧于天的生活。正因为这个国家的人民生性如此，这些体系才得以成立。

"倒不如说，是那边的人太神奇。我们这边凡是一个人上街的，就不得不紧张兮兮。"

惠美这么说着告诫自己。

"勇者一行人哪，不管什么时候都不能放松呢。"

"是啊，真够累的。"

曾经听过的轶闻经艾美拉达这么一说，惠美不由得深吸一口气。

"感慨就到此为止好了。谢谢你带我来这里，艾美。回来时的会合地点在哪儿？"

"这个嘛，给……这东西给艾米莉娅拿着比较好吧？"

看到艾美拉达递过来的物品，惠美脸上的表情变得有些复杂。

天使的羽毛笔——这是天界的至宝，不论是谁都能以此打开"门"。

而这东西的素材——羽毛，来自惠美她妈妈莱娜的翅膀。

第二章 勇者,为故乡而迷惘

"我不要。"

过于恼怒的惠美将这支羽毛笔推还给艾美拉达,在一堆沾满泥渍的物品里,唯独这根羽毛散发出洁白无瑕的光辉。

"即使我没有那个打算,也难保不会遭遇对方的怪招袭击。我们不怕一万,只怕万一。这东西还是让你和阿尔拿着吧。以防这个万一,我想还是把王牌分散一下吧。"

"我知道了。"

艾美拉达犹豫了一小会儿之后,姑且赞成地将羽毛笔收入怀中。

"至于会合地点嘛,艾米莉娅也不必考虑了。我会前往斯诺村的。"

"没问题吗?"

惠美反问道,没想到对方已经为她设想了这么多。

"反正这样可以争取到最多的时间让艾米莉娅去调查你想知道的事,而我的视察目的地也在这一带,这样的安排既自然又方便呢。"

"我绝对要打探到一些有价值的消息。"

艾美拉达这一串周到的安排令惠美有些抬不起头。

"不要太勉强啦!我不是常这样说吗,要冷静、冷淡、冷酷地战斗哦!"

如同上次旅途中规劝那个热血沸腾的惠美一样,艾美拉达特地以安特·伊苏拉的语言这么说,还将手指抵在嘴唇前,朝这位背负着整个世界而踏上旅途的年轻少女勇者露出一抹娇艳的微笑。

而隐藏在这个表情底下的深不知底的压迫力,令惠美倒抽了一口气。

如果两人以力量正面较量，惠美的能力远远超越了艾美拉达。

但是，艾美拉达毕竟是人界最强的法术师，也是经历过千锤百炼的政治家，更是一个以策略取胜的智慧战士，根本不知其功力究竟有多深。

惠美重新将这位与自己同处一个立场的前辈所说的话深深记在心上。

"是啊，你说得没错。"

"就是嘛！而且呀，现在你的身体可不是一个人的。"

艾美拉达带着犹如冰刀的压迫力，笑眯眯地指了指艾米莉娅的胸口。

"你这说法好像不太对劲。"

"这不是事实吗？你说对吧，阿拉丝·拉姆斯？"

"唉……阿拉丝·拉姆斯啊……"

惠美叹了一口气，接着把手伸向正前方，将阿拉丝·拉姆斯具象出来。

"艾美姐姐，怎么了？"

"你真——的好可爱呀啊啊啊啊！"

"呀！"

出现在半空中的阿拉丝·拉姆斯被艾美拉达的叫声吓得缩了缩身体。

"别这样，艾美。别又惹她哭了。"

从日本迎回惠美的艾美拉达是第一次见到这个可爱度爆表的阿拉丝·拉姆斯，不过她的尖叫声竟然吓哭了阿拉丝·拉姆斯。

"哎呀呀，对不起！来，阿拉丝·拉姆斯，姐姐一点都不恐怖哦，转过来嘛！"

"呜呜……"

艾美拉达好言相劝着,但阿拉丝·拉姆斯还是很戒备。

"阿拉丝·拉姆斯,你要看好妈妈,别让她乱来哦。"

"乱来?"

"还有哦,你要听妈妈的话,当个乖宝宝,好吗?"

"乖宝宝!阿拉丝·拉姆斯是乖宝宝!"

看到阿拉丝·拉姆斯握紧两只如枫叶一般的小手点点头的模样,艾美拉达的自制力立即全线崩溃了。

"哎哟!真是太可爱了!"

"呃……唔唔哇啊啊啊!"

"艾美!"

好不容易阿拉丝·拉姆斯肯认真听话,结果艾美拉达这边先按捺不住发出怪叫声,结果又把阿拉丝·拉姆斯惹得泪眼汪汪。

"对不起嘛。"

艾美拉达以没怎么反省的表情吐了吐舌头,然后握紧小小的拳头朝惠美露出手臂。

看到这一幕的惠美也严肃地轻笑了一下,同样伸出手臂与艾美拉达交缠在一起。

"不抱希望。"

"向前迈步。"

"唯有开拓者才能存活!"

这是在之前的魔王军侵略战中,人类首次战胜路西菲尔后定下的口号。

虽然击败了路西菲尔军,但大陆中央、北部、东部、南部仍在魔王军控制之下的恐怖还在人类脑海里萦绕着。

勇者的出现与西大陆的解放为人类带来了希望，然而对于战斗在最前线的人们来说，未来并不乐观。

毕竟人类曾一度屈膝于魔王军的威猛之下。

勇者现身带来的反攻局势不过是一次奇迹，所以他们必须在这个奇迹仍在维持的时候拯救世界。

有闲情怀抱什么希望，还不如抓紧时间去战斗、去前进、去改变世界。

这句口号是那些与魔王撒旦奋战的战士们最先喊出的。

回想起这份心情，惠美和艾美拉达的身心就更加强烈地意识到当时自己身处战场的情形。

"那就这样吧，艾米莉娅，一个星期后要平安回来哦。"

"嗯，艾美你也是。"

"艾美姐姐，走了。"

"是啊……接下来就剩我一个……不对，是我和阿拉丝·拉姆斯一起旅游了。"

"阿拉丝·拉姆斯会当个乖宝宝的！"

"那就拜托你手下留情咯。那么，你先回来一下吧。"

惠美拍掉手上的泥土，摸摸阿拉丝·拉姆斯的头，帮她解除了具象化。

"好嘞，先到那个卡希亚斯去好了。得想办法找件衣服才行。"

先不说浑身泥泞，现在身上这套服装还是在日本时准备的。

当初她从安特·伊苏拉流落到日本去时，当然也是只有一身铠甲加底下的一套衣服。

第二章 勇者，为故乡而迷惘

虽然也可以让艾美拉达帮忙准备，但她必须极力避免艾美拉达有什么不寻常的行动，毕竟她们不知道艾美拉达的死对头丕平将军会采取什么行动。

"真是的，为什么他们能够这么毫不在意地伤害别人呢？"

叹出不知道今天第几口怨气之后，浑身泥泞的惠美在这一片漆黑的森林中朝着自己的故乡迈出了第一步。

※

"便利店……好想要便利店啊……"

回到安特·伊苏拉的第二天，惠美就没骨气地认输了。

这里是离卡希亚斯往东约一日脚程的城镇驿站。

前往圣埃雷东部的公共马车和旅行商人的队伍都会聚集这个小镇里，虽然规模不大却很热闹。

"唔唔……呼——"

床铺上，阿拉丝·拉姆斯正睡得不甚舒爽。

她倒也不是着了凉或是哪里不舒坦，但似乎就是没什么食欲。

为了隐瞒带着孩子的事实，吃饭的问题基本上都是在房间里解决的，不过打包回来的食物都不太适合小孩子食用。

故乡圣埃雷和西大陆的食物竟然如此不精致，这一点令惠美非常愕然。

这里的食物基本上不是肉就是酒，不是酒就是肉，偶尔来点蔬菜。即便想买点熟食，却也都是些口味很重的荤菜，连惠美都觉得腻，不过这里的人倒是从早到晚都拿这些菜肴当下酒菜吃。

到市场上逛一逛，倒也不是找不到蔬菜水果，但与日本卖的相比，味道都极其粗糙，除了形状一样以外，其他方面完全是不一样。

第一天的时候，她们留宿在一个离卡希亚斯不远的驿站小镇。惠美尽可能选了一些和日本卖的相同的食材，利用住客的厨房煮了点东西给阿拉丝·拉姆斯吃。

但是，在日本完全不挑食的阿拉丝·拉姆斯吃下一口胡萝卜之后，就立刻皱着小脸吐了出来。看到这一幕，惠美才深深意识到自己已经彻底习惯了日本的食物和饮用水。

家乡的食物有这么难吃吗？惠美每拿起一种食材，心情就愈发郁闷。

日本的每一种蔬菜，吃起来都是那么浓郁、甘甜，口感也很柔和，惠美实在无法理解日本小孩子为什么会对那些蔬菜那么挑剔。

这些成果都是从事农业的相关人员希望消费者可以享用到美味蔬果而努力改良得来的，不过遗憾的是，在西大陆圣埃雷周边城镇一带产出的蔬果，还远远达不到这样的境界。

齿间残留着胡萝卜的纤维和带着土腥味的苦涩，番茄是一股刺激舌头的酸味，小黄瓜更是苦到让人觉得连生苦瓜都比不上，玉米的口感则是比冷冻食品还干。连在去日本之前一直吃着这种食物的惠美，都不由得放慢了咀嚼的节奏。

心想干脆就只买水果吧，结果这里的水果竟然贵到离谱。

虽然艾美拉达给的路费还绰绰有余，但若想吃一点类似日本超市卖的那种罐头食物水平的东西，一枚银币还嫌不够。

历史上的圣埃雷全国都盛产水果酒，上好的水果大多都被这些相关业者或领主收购了。

第二章 勇者，为故乡而速回

平民们充其量只能吃到苹果或橙子之类的，但那些味道大多不尽如人意（最多相当于日本的最低水准），而且价格还是蔬菜的好几倍。

既然如此，至少做个三明治之类的凑合一下吧？可是这里没有面包店，那种在日本花个一百日元就能买到的白面包根本没得卖。

而在日本算是高级食材的黑面包、燕麦面包和黑麦面包，在这里却比比皆是。不过这些不含牛奶、砂糖，也不用酵母菌发酵的面包，无一不是硬邦邦、酸溜溜的，与阿拉丝·拉姆斯之前吃过的面包完全似是而非。

结果，为了让阿拉丝·拉姆斯吃得下饭，惠美陷入了窘境，不得不从第一天开始就动用从日本带来充当应急手段的软罐头食物，也迫使她全面修改原先想好的用餐计划。

原本最担心的、连同阿拉丝·拉姆斯在内的服装配给倒是轻轻松松就解决了，却没想到在吃饭问题上遇到这么大的难题。

不管怎么说，第一天总算是熬过去了。而到了第二天——

在抵达这个驿站小城之后，第一天由于过度紧张而没意识到的问题终于还是摊在惠美和阿拉丝·拉姆斯面前了。

"那个厕所……怎么能脏成那个样子……"

看着睡得并不舒心的阿拉丝·拉姆斯，惠美皱起了眉头。

这里的厕所都很脏。虽然她也知道这里不会有冲水马桶这种高级的卫生设施，但没想过每一个厕所都脏到匪夷所思。

而且，不仅仅是脏。

明明要收钱，却还是很脏。

旅行者使用厕所时都必须付钱。

所有的厕所旁都有一个称之为收费员的老人在看守，市价一般都是五枚铜币。令人惶恐的是，这些需要付钱的厕所光是有个遮挡的门就算是极好的了。

当然了，里面也不会常备卫生纸，也不常来打扫，所以总散发着一股恶臭。

惠美自己倒也无所谓，但她实在不想带着阿拉丝·拉姆斯上那种地方去解决问题。虽然多多少少会让阿拉丝·拉姆斯不太高兴，不过惠美还是决定让她用带来的尿布。

吃饭和如厕——文明生活中不可或缺的两大要素在一开始就让惠美的旅程跌了一大跤。这一天，她在吃饭一事上多花了些功夫，总算让阿拉丝·拉姆斯把晚饭吃得干干净净。

马铃薯蒸熟后捣成泥，加入自己带来的盐和胡椒调味，然后倒入热水调和，之后再加入切粒的蘑菇、洋葱、鸡肉煮至沸腾。这道速成热汤终于让阿拉丝·拉姆斯说出"好吃"这句话。

如果只是成年人的旅行，也不必要花费饮水费用、薪柴费和厨房使用费去做一顿饭，不过这也是无可奈何的。

"便利店……微波炉……速食品……自动售货机……咖喱饭……"

几乎快哭出来的惠美在心中打定主意，等哪一天完成自己的人生目标回到安特·伊苏拉时，她一定要带着一台微波炉和冰箱回来。

此时此刻的她，肯定是一脸憔悴吧？

在这个廉价旅馆里，不可能配备镜子这种高级物品给人检查仪容，所以她也不必为看到那张脸而沮丧。

就在这时——

"艾米小姐，艾米小姐。"

房门上突然响起的敲门声让惠美猛地回过神来。

第二章 勇者，为故乡而速侧

是旅馆老板。

"在、在。"

惠美赶紧站起身来，七手八脚绑好头发，然后跑到门边，警戒着将门拉开一条小缝。她让自己形成一道屏障，不让别人看到屋里的情况。

"哦哦？"

走廊上站着的确实是旅馆老板，不过那老人或许没料到有人会开门，正一脸诧异。

"什么事？"

"啊，不，没事。只是没想到你会开门……"

"啊……"

惠美恍然大悟地反省自己的失误。

这里可不是日本。没人敢担保旅馆老板不是坏人，更何况，如果现在到访的这个人是伪装成老板的歹徒，平常人早就一眨眼被押到屋里去了。

如果有人造访房间，在确认对方无害之前绝对不能开门，这是基本的应对措施。从这一点上就能体现连这方面都深受日本影响的弊端。

"这个，是之前艾米小姐拜托过的事。听说有个商队会经过瓦尔克罗斯村，我跟他们谈过了，说是只要付点钱就可以顺路带上您。"

"哦，这样啊。"

惠美点点头。

瓦尔克罗斯村就在惠美的故乡斯诺村旁边，约半天的脚程。

在留宿期间，惠美到处打听有没有商队或新移民会经过斯诺村周边的村庄。

当然，地点说得这么模棱两可，就是为了不让人察觉她真正的目的地。

不论是斯诺村还是瓦尔克罗斯村，从这里出发徒步前往确实太遥远了，如果能和运货的商队同行，就能节省很多时间。

"谢谢你。那我就先付点定金……"

惠美从怀中掏出两枚事先准备好的银币交给老板。

在这种连个保安都没有的廉价旅馆，即使是在老板面前，也不好直接把钱包拿出来。

虽然连这一步都设想到了，但想到自己刚刚毫无防备地打开房门，还是让惠美悔恨至极。

至于定金，两枚银币确实稍贵了一些，不过其中一枚是给老板当小费的。

"嗯嗯，我明白了。那就先这样吧。"

旅馆老板满意地点点头，捏紧银币，稍稍致意之后便离开了。

直到给门上了锁，惠美的紧张才松弛下来。

"好难啊，明明之前都很理所当然的样子。"

惠美再次解开头发，慢慢地坐到床铺上，温柔地抚摸阿拉丝·拉姆斯的头发——她似乎还在噩梦中。

"嗯，也不对。真要说只有我一个人的话……也就是在日本碰见魔王的一年里。在那之前……"

在她觉醒勇者能力，从路西菲尔手中解放圣埃雷之前，奥尔巴和教会骑士团都是她的监护人，也是她的伙伴，如今却成了敌对关系。

在圣埃雷解放之际，她就遇到了艾美拉达，两人还成为了终生挚友。

第二章 勇者，为故乡而迷惘

打倒路西菲尔、彻底解放西大陆之后，她们在第一艘驶向北大陆的船上结识了阿尔华德。凭着他的智慧和力量，惠美她们安然无恙地熬过了从南大陆到北大陆这段气候恶劣的旅程。

在东大陆时，艾尔西尔军都没正式与惠美她们开打就撤退了。惠美等人在全世界的支持下朝中央大陆的魔王城进攻，之后唯独惠美一人流落到那个不怎么会遭遇生命危险的世界。

"还说什么勇者呢，一副了不起的样子。结果只剩一个人的时候就什么都干不了。这样战战兢兢地旅行，真是连个笑话都不如。"

"哈……唔唔。"

"阿拉丝·拉姆斯，明天再做点好吃的给你吧。"

惠美轻轻笑了一声，然后既没换衣服也不脱靴子，就这样躺上床铺，并小心着不吵醒阿拉丝·拉姆斯。

"穿着靴子就上床，还真是没规矩。"

她想起不久前和真奥一起到樱丘给阿拉丝·拉姆斯买被子的事。

她还想起当时阿拉丝·拉姆斯说想站在椅子上看车窗外，结果被她责备了一顿：

"阿拉丝·拉姆斯，要听妈妈的话。"

"真是的……对你爸爸倒是肯乖乖听话。"

脑海中突然浮现的声音让惠美呻吟了一声。

如果由于这边的气候不宜或食物不适让阿拉丝·拉姆斯的身体有了什么闪失，那个二十四孝老爸绝对会对惠美百般挖苦的。

惠美暗自提醒自己注意别发生这种事，接着又为自己居然在担心这种事情感到难以置信，不由得苦笑了一下。

"父亲啊……"

虽然不太想承认,不过现在她的心确确实实不如以前那么憎恨魔王了,也没那么渴望去讨伐魔王。

当然,其中一个是因为她被告知自己的父亲依然在世,同时也因为,有时她真的搞不懂魔王撒旦这个人。

正因为和他在日本同处了几个月,她才抱有这样的疑问。

这个"真奥贞夫"的人品、性格、思想,到底是怎么形成的呢?

事到如今,惠美真的不得不怀疑真奥究竟是不是魔王撒旦本人。

在原本视对方为敌的惠美心中,现如今的真奥贞夫与魔王撒旦根本不是同一个个体,甚至深信真奥不会在日本惹出事端,动身返回安特·伊苏拉。

"或许回到故乡,能让我恢复一些对那家伙的恨意吧……"

惠美一边看着阿拉丝·拉姆斯的睡脸,一边自问自答。

不管现在真奥这个"人类"当得如何,都无法动摇他在幕后指挥路西菲尔军破坏惠美她家乡的事实。

再者,她父亲诺尔德还在世的事也只是听那个毫无信用的大天使一面之词,根本没有什么证据。

所以对于现在的惠美来说,真奥依旧是那个确确实实的杀父仇人,也是毁了她的故乡和童年生活的敌人。

没错,她已经对自己如此重复了再重复。

父亲还活着——会为这种花言巧语动摇的自己真是没出息。

"我到底……是为了谁而战斗……"

惠美将这个无人回应的问题溶进房间的黑暗之中,任意识

沉入梦境深处。

※

"到这里就行了吗?反正你都付够钱了,我们还能带你再往前走两座城哦。"

商队队长这么问道,声音里带着些许无法隐藏的商人本性和担心。

"你也看到了,瓦尔克罗斯连个给旅行者落脚的地方都没有,邻近的米里狄、哥布和斯诺也都是一片废墟,一点开始复兴的征兆都没有。至于你说的巡礼之旅,那些地方已经没剩多少村民会向你祈祷了。"

商队的马车来到通往瓦尔克罗斯的街道旁,惠美下了车。

"就到这里行了。谢谢你们一路的关照。"

多亏搭了商队马车的顺风车,路上时间至少节省了一天多。

以成年人的脚程来说,从瓦尔克罗斯走到斯诺顶多也就半天时间。

"而且就某个意义上来看,以巡礼之旅当借口也蛮方便的。在魔王军入侵时我失去了一位很重要的人,这次可以顺路找找他的足迹。"

"这个我还真是搞不懂了。不过一个女人独自踏上旅途,总有一些不得已的原因吧。"

驾驶座上的队长取下宽帽檐的帽子抵在胸口。

"我会向商业之神祈祷,保佑你找到那位重要人士的回忆。既然多收了你的钱,这点小事当做我们分内的服务吧。"

"谢谢您的好意了。"

惠美对着这位语言诙谐的队长笑了笑。

"后会有期吧,再见。"

队长重新戴好帽子,拉紧缰绳带领商队再度出发。

六个分别驾驶着商队马车的男人——一向惠美挥手道别,慢慢朝道路的另一端前进。

惠美留在原地目送商队直至看不见,接着用手按住胸口。

"那么一点点事就动摇,我真够懦弱呢。"

队长那句真诚的祈祷稍微煨暖了惠美的心。

"太和平了,我都忘了这里是安特·伊苏拉了呢。"

惠美做了一个深呼吸,不让自己忘却这颗炽热的心。

浑身使不完的力量在体内四处奔走——这不是错觉。

"炽热的心可以化作力量。现在的我不会输给任何人。"

她感觉到自己全身充满了圣法气,斗志昂扬地背对着瓦尔克罗斯,朝着斯诺村迈开步伐。

以往旅行的夜晚,都得依赖明月和星光照亮道路。

不过现在的惠美靠的是额头上的头灯,还有右手那支地球科学文明的利器——LED手电筒的强光照着夜路。

她打算在斯诺村期间都依靠这两样东西提供光源。

LED手电筒用的是太阳能电池,因此也不必担心电池用罄。就算在夜里耗尽电池,手边也有充电器可以使用,真是个好东西。

若是把附件端口和线路连在一起,也可以给手机充电。而这支手电筒的LED灯前照部分和本体侧面的小灯泡能够同时使用,真是太方便了。另外,为了节省电力还设置了两档亮度以

第二章 勇者,为故乡而迷惘

供切换,这也是这种手电筒的亮点。

在这郁郁葱葱的森林里徘徊时,惠美还曾利用它的警报功能不费吹灰之力就吓跑了躲在树荫里的熊和狼等野兽。

"要是在尾部加个打火机或万能小刀量产出来,这东西肯定会给安特·伊苏拉的旅行界带来巨变。"

惠美嘴里说着与电视购物节目类似的台词,无意中发现森林的另一端有一处小到几乎让人忽略的"废墟"。

惠美关掉电筒,仔细辨认。

如果这里是强盗的老巢,被他们察觉到自己靠近可不是闹着玩的。

而且,这里与其他"废墟"有些不一样。

说不定就像艾美拉达所担心的,有一些更加麻烦的家伙在监视她。

惠美谨慎地探索对方的气息,花了好几倍时间放慢动作往前迈步。

不一会儿,前方远处隐约可以看到一个沐浴在月光下的建筑,于是惠美在这里停下脚步。

"这里不可能有人的吧。"

惠美发出一声叹息。

虽说不能放松警惕,不过仔细一想,惠美已经从安特·伊苏拉消失一年多了。

其实在半年多前,天使、恶魔和一些教会相关人员就已经确认惠美还活着的消息。

不管是哪个势力,应该都没什么闲情派兵耗那么长的时间,在这种地方埋伏不知会不会来的惠美。

毕竟在遭到魔王军侵略之前,这里充其量就是个毫无特色、随处可见的普通农村。

随着脚步的渐渐靠近，街道两旁出现了荒芜的平地，上面还留着人类的手掌印。

这里曾是一片农田。

惠美穿梭在广阔农田中的小道上，一步一步地靠近那个躺在夜空下的黑色废墟。

最后，她终于站上村里那条能让运货马车勉强擦身通过的"大道"上。

"我回来了。"

仿佛只有这个村庄的时间停滞了，这里听不到一声虫鸣，也看不到一只田鼠。

唯有夜里的清风回应着惠美这句颤抖的话语。

斯诺村以自己的尸体为墓碑，静静地化成腐朽。

"妈妈，我们可以随便进来吗？"

惠美选了路边最近一栋还保留着原型的房子走了进去，并在房子中间搭起自己带来的帐篷。

这样一来，就不会被人从老远的地方看到阿拉丝·拉姆斯具象化时发出的光、做饭时的炊烟和篝火了。

"没关系。这里是……妈妈一个熟人的房子。"

惠美露出一抹寂寞的微笑，手上则麻利地做着炊事准备。

今天的晚饭是昨晚煮成糊状的马铃薯汤，和从日本带来的速食白米——令人怀念的"后藤大米"（注：恶搞日本大米品牌"佐藤大米"）。

一般来说，这种大米只要用微波炉稍微加热一下就可以食

用,也可以用热汤或开水熬煮一下。

惠美往万能锅里加上水,然后放在不容易冒烟的露营专用火炉上熬煮。马铃薯糊里加上一些开水就能变成汤水状,剩下的热水则用来煮米饭。

最后再拿出可以充当保存性食物的腌肉,凑成一顿最简单的晚餐。

"作为回乡的晚餐,还挺适合的。"

"妈妈,我要吃马铃薯!"

被手电筒照着的阿拉丝·拉姆斯似乎并不害怕这陌生地方的昏暗,而是央求着想吃她最喜欢的马铃薯。

"阿拉丝·拉姆斯,在吃之前要……"

"唔……啊,对了!我开动了!"

"很好,做得不错。要吹一吹再吃哦。"

为了煮给阿拉丝·拉姆斯吃,惠美已经很留心控制食物的温度了,不过她还是像往常一样把汤递出去。

"呼——呼——啊嗯……"

"怎么样?"

"嗯,好吃。"

这一顿在没落家乡享用的晚餐极其平静。

用马铃薯汤和白米饭填饱阿拉丝·拉姆斯的肚子之后,惠美开始准备自己的晚餐。

作为成年人,惠美也没怎么挑剔食物,简简单单地吃了些燕麦面包和腌肉,再加上一点点阿拉丝·拉姆斯喝的汤。

"妈妈。"

"嗯?怎么了?"

"妈妈的朋友,为什么不在家?"

"这个啊。"

朋友——看来阿拉丝·拉姆斯将惠美刚刚说的"熟人"一词理解成这个意思了。惠美轻咳了一声：

"这个房子以前住着一个叫科珐的老爷爷……"

这里原本住着一对比她父亲诺尔德还大十岁的老夫妻，还记得两口子都挺健谈的。

"那边呢？"

阿拉丝·拉姆斯等不及惠美的回话，指着窗外对面的一栋废屋问。

"那边啊……好像是莉莉娜婆婆的家吧。那个婆婆很会织东西哦。"

"那现在怎么不在家呢？"

"……"

阿拉丝·拉姆斯到底是基于什么念头才这么问的？

是小孩子出于天真无邪的提问，还是她偶尔展现的高深知性在寻求真相？

"因为有个很——可怕的恶魔袭击了村子，把大家都赶走了。"

在惠美受到大法神教会的保护后不久，斯诺村就成了路西菲尔军的香饽饽了。

考虑到从斯诺到西大陆最西端的圣地桑科特·伊古诺瑞特的距离，战事可能是发生在惠美离开村子约一个月的时候。

也有可能是在她抵达桑科特·伊古诺瑞特之前就发生了。

不过，在仇恨、悲叹、年幼以及时间的多重纷扰下，她已经无法准确回想起当时的情况了，甚至连村子被毁的确切时间都无法确定。

当她将这些阴暗的记忆和着嘴里的面包一起吞下时,阿拉丝·拉姆斯又提出了新的疑问:

"妈妈,你说的恶魔,是嘎拜耶吗?"

"啊?"

"就是那个很恐怖,把大家都搞哭了的嘎拜耶啊。"

"不、不是哦。"

为什么会在这当口提到加百列的名字?

不对,在双方关系演变至此之前,她就知道阿拉丝·拉姆斯对大天使加百列并无好感,却没想到会突然这么问道。

"那么恶魔,是指天使吗?"

"呃,这个……对不起哦,妈妈听不懂阿拉丝·拉姆斯想说什么……"

说起来,阿拉丝·拉姆斯第一次听到"天使"这个词,好像就是与"恶魔"联系在一起来理解的。

阿拉丝·拉姆斯曾经好几次以惠美那把"进化圣剑·片翼"的形态看到真奥和芦屋的恶魔模样,但是她对于他们的态度依旧没有改变。

"恶魔是什么呢?"

"这个……"

惠美回答不出来。

若是在半年前,她应该可以滔滔不绝地告诉阿拉丝·拉姆斯这个世界有很多邪恶的魔物。

不过,唯有加百列的话在记忆深处复苏了。

"以生物角度来说,天使就是人类。"

而铃乃的那个疑问也动摇了惠美的记忆。

"'恶魔'……到底是什么呢?"

恶魔之王撒旦以一个与人类无异的模样生活在日本。

以生物角度来说，他到底是什么？

现在的惠美无法组织出答案。所以阿拉丝·拉姆斯的这个问题，她无法回答。

"妈妈？"

无法回答的原因，还有一个。

那个"把大家赶出村子的恶魔"不是他人，正是阿拉丝·拉姆斯喜欢的"爸爸"。

作为勇者，作为人类，惠美无法告诉阿拉丝·拉姆斯，"爸爸"是她应该憎恨的敌人。

心里某个地方总觉得，为了阿拉丝·拉姆斯的人生，她不能这么做。她无法在这么短短的一瞬间就下定决心去告诉阿拉丝·拉姆斯，总有一天会以她的刀刃去砍杀她敬爱的"爸爸"。

而现在，父亲还在世的可能性又让她迷惘了，不知道到底有没有必要去这么做。

不管怎么说，宁愿背叛女儿也要报仇，这种人也与惠美自己所鄙夷的"恶魔"没两样了。

"总觉得有点焦躁。"

就连现在，一想起真奥那张让她恼火的呆脸，惠美就感觉到内心涌起一种不同于憎恨或哀怨的焦虑。

"只要给他点好脸色，就老是跑来惹恼人家，自己却乐呵乐呵地说着野心，过着没心没肺的日子，真是一场笑话。"

"嗯？"

"听好了，阿拉丝·拉姆斯，所谓的恶魔呀，就是那些很卑鄙、狡猾又自私自利的家伙。"

"背币？饺滑？"

"千穗也真是的，真不明白那种家伙有什么好。"

"唔……不懂。"

心中一个极浅的位置渐渐烦躁起来，不过惠美又突然想到了什么，在手电筒灯光的照射下露出不怀好意的笑容。

"对了，阿拉丝·拉姆斯，等回去之后……让爸爸告诉你吧。"

"爸爸？"

"对，你去问爸爸'什么是恶魔'。爸爸什么都知道，一定会告诉你的。"

"好！"

她真像个魔鬼。

不过，惠美就是无法接受只有自己在烦恼阿拉丝·拉姆斯和真奥之间的关系。

若不让真奥也来考虑一下将来的事，实在太不公平了。

"回去之后要去问他各种各样的事哦。"

一想到真奥被阿拉丝·拉姆斯问到结舌的样子，笑容就自然而然地浮现了。

"下次，什么时候能见到爸爸？"

"再过一阵子吧。那天要给千穗姐姐办生日派对，你爸爸一定也会来的。"

惠美极为自然地告知两人回到日本后的计划。

"虽然有点早，不过等收拾好之后就睡吧。明天还要早起呢。"

惠美把帐篷、睡袋和手电筒之外的物品都重新收进行李包，然后抱着阿拉丝·拉姆斯钻进帐篷，打开睡袋。

"滑滑软软的！"

阿拉丝·拉姆斯在羽绒材质的睡袋里玩耍起来。

"听话,别玩了。"

结果,惠美也钻进睡袋里一起玩闹了一会儿,才把阿拉丝·拉姆斯拉出来。

惠美熄了灯,尽管阿拉丝·拉姆斯还是一脸意犹未尽,倒也乖乖地钻进惠美的臂弯准备入睡。

"妈妈,讲故事!"

"讲故事啊,我想想……"

阿拉丝·拉姆斯并不是没请求过要她讲睡前故事,不过这种事很少见。

惠美脑中浮出好几个地球的民间传说和故事,不过她还是摇了摇头,将手电筒的灯光调到最小。

"那么……就讲一个安特·伊苏拉的故事吧。讲的是一个年轻国王去解救一个被'恶魔'抓走的公主……"

睡袋中的惠美将手放在阿拉丝·拉姆斯肚子上,有节奏地抚摸着。

在这个月光无法照射到的死寂村子里,"母女"俩度过了平静的一晚。

第二天早晨,没等天亮惠美就醒了。

阿拉丝·拉姆斯还没睡醒,不过惠美将她解除具象化融为一体,之后在晨光沐浴中开始在废墟村庄里漫步。

村子里依旧一片寂静,连一点小动物的气息都没有。之前的旅途中,惠美曾顺路来过这里驱逐栖息在村里的野兽和魔兽,所以看起来还没风化得那么厉害。

不过不可思议的是,虽然房子都垮了,风景也和记忆中的

完全不同,但身体似乎记得走哪条路。

由斯提纳家就在太阳升起的方向。

日光从远处可见的山头后方漏出来,惠美仿佛被那些光吸引了一般,穿过"大道"之后,最终来到村子郊外。

结果,她在那里发现了一个意想不到的东西。

道路彼端隐约可见的那根木头,正是她和做农活的父亲一起吃午餐的地方。

这么说,现在围绕在她身边的那些耕地就是……

"是爸爸的……小麦……"

就在这一瞬间,阳光仿佛被惠美召唤出来一般,从山缝间伸出光臂,照亮了整个大地。

惠美的眼睛中,自然而然地掉出泪水。

大地染上一层浓浓的绿意。

清晨的微风也吹动了这片绿色。

"活着……还活着……"

绿色的麦穗覆盖了一大片土地。

没错,那就是小麦。

这片农田绝对是荒废已久的。

深绿色之中还混杂了大量颜色稍浅的高高的杂草,随风摆动的麦穗却个个都瘦弱。

就连惠美也看得出,有些麦穗根本无法迎来秋天丰收之时。

然后,惠美还是忍不住仰头对着太阳高挂的天空大喊:

"活着!爸爸种的小麦,还活着!"

遭受恶魔踩躏、无人管理和久经年月之后,这些残存下来的坚强小麦依然试图世代繁衍下去。

"难道说,他真的还活在某个地方?我们,还能一起生活吗……"

父亲还活着的证据，就在这眼前。曾经本应遗失在恐怖与绝望之中的事物，就在这眼前。

她不想再品尝那种绝望了。不管发生什么事，这都是她必须赌上性命去守护的。

"唔……妈妈，怎么了唔噗！"

惠美的吼叫声连自己的心都被震撼了。

为这震撼内心的吼声而惊讶的阿拉丝·拉姆斯也瞬间被具象化出来，随即就被惠美紧紧抱住，眼泪也忘了擦。

"阿拉丝·拉姆斯，我、我还得努力……必须再努力！"

"妈妈？啊呼……"

突然被吵醒的阿拉丝·拉姆斯还是一脸嗜睡，惠美紧紧地抱住她，接着赶紧往来时的路跑去。

她来到科珑家收拾好行李，争取尽早一刻回到曾经与父亲一起生活的屋子。

在那个与父亲一起生活的屋子里，一定有什么东西。

一定有某种东西可以改变惠美现在被卷入的这种状态。

一定有某种线索可以解开安特·伊苏拉和地球所深陷的谜题。

那意想不到的奇迹令惠美萌生了一种几近确信的预感。

※

"唉……什么都没有啊……"

耗尽集中力的惠美全身脱力地跌坐在曾经是厨房的位置。

现在是她回老家搜索的第三天。

第一天，父亲种植的小麦还活着的意外事件让她感激涕零。她深信那个吉兆绝对是一个提示，可以解开现在世界所深陷的状态，所以回到了那个怀念的老家。之后就在这里过了三天。

然而直到今天，还是没有半点成果。

由斯提纳家是一个极其普通的农家，没有特别大的屋子和土地。

屋子和其他房屋一样，毫无例外地呈现着遭到破坏的伤痕，不过还是勉强保留着与惠美记忆中那个老家相近的样子。

曾经为父亲做饭的厨房。

曾经与父亲用餐的饭厅。

她还曾经躺在客厅凝视那暖炉里的火。

看到自己年幼时的那张睡床，眼泪又是止不住地往下掉，实在是怀念不已。

这里是惠美和父亲诺尔德共同的家，也是将安特·伊苏拉和地球卷进这些事端，躲在人群身后不肯现身的母亲莱娜的家。

年幼时那些不太明白的事情，不允许触碰的东西以及禁止进入的地方，说不定有什么线索。

但是，身为救世主的勇者使出浑身解数找遍全家之后，唯一弄懂的是，父亲真的是一个彻彻底底的憨厚健壮的农夫。

这个家里原本就没有书柜、橱柜之类的家具可以藏东西。

虽说废村之后也可能有强盗来闹过，但抢点体积小的贵重物品也就算了，应该没多少强盗会想抢一个类似橱柜这种体积庞大的家具吧。

原以为阁楼或地下室之类的地方会藏着一些东西，搜索了一番之后，却只在阁楼里找到一些当季的家具和空瓶、空壶、螺丝、钉子等杂物。

至于地下室,根本就找不到。

"像这种时候,明明应该有个秘密的地下室出现才对啊……"

光是嘴上抱怨也没用。

放农具的小屋、暖炉内部、炉灶里——这些儿时不允许进入的地方都找过了,还弄得浑身又是煤又是灰,结果还是什么都找不到。直到晚饭时分,阿拉丝·拉姆斯开口说"妈妈,脏脏",她才不得不死心地接受了一无所获的结果。

"话又说回来了,把重要的东西藏在暖炉或炉灶里,他本人也取不出来吧?"

这么一来,那就得遵循"小隐隐于林"的规则了。

第二天,惠美决定好好检查一下书架上所剩无几的几本书籍。

在安特·伊苏拉,纸张是一种高级物品。一些重要的书籍也经常用木板或羊皮纸、莎草纸之类的劣质纸张记录下来。

残存的这些书数量并不多,要读懂里面的内容想必也花费不了多少时间。然而——

"好……好繁琐啊……"

惠美从上午就开始查阅这些书,直到夕阳西斜了还没全部看完。

一开始,惠美还会为父亲那熟悉的字迹而热泪盈眶,没想到那个一板一眼的父亲居然会用这么贵重的纸张,一丝不苟地写下日记。

里面大部分的内容都与小麦的生长或自己的工作有关,不过既然留下这么详细的记录,不免让人怀疑这里是不是隐藏了一些暗号,因而无法飞快地浏览。

这些农务日记让惠美看得眼睛疲累，于是转向那些木板和羊皮纸的书籍，不过那些大多是这二十几年来保留下来的纳税证明，以及除了小麦之外的一些畜牧相关的证明和申请。

"啊，检察官的印章变了。"

花了两个小时，第一个发现的大变化就是盖在木板资料上的印章是不同的。于是惠美暂时停下查阅，开始准备晚饭。

"阿拉丝·拉姆斯。"

"什么事？"

阿拉丝·拉姆斯正津津有味地喝着用开水煮开的速食玉米汤，惠美抱着一种抓住救命稻草的心理试着问道：

"这附近有没有感觉到耶索德碎片的气息？"

"没有！"

这句毫不迟疑的速答让惠美失望地垂下了头。

虽然她是带着半开玩笑的心情问的，不过这会儿还是不得不重新意识到这残酷的现实。

说得也是，若是这附近有这类反应，早在进村的时候阿拉丝·拉姆斯就应该发现了。

虽然这里留下的资料并不多，但她还是没办法在一天之内全部看完，于是到了今天第三天，她准备分时间段收拾一下屋子和继续看资料。

"唔……这边也是没有收获……"

惠美的目光从农产品交易相关的书籍转移到土地权相关的书籍，跷起腿坐在一张残留下来的旧椅子上。

"难道说……奥尔巴或加百列也有同样的想法，抢先一步到这里拿走了？"

惠美将标示着土地分界线的图示移到她正在翻阅的那一堆

书山里，然后拿起另一个纸质本子。

"平日里的日记只写了这些，那也太奇怪了。"

唯一可以算是收获的那个本子，正是诺尔德的日记。

与那本农务日记相比，这一本所记载的密度并不高。

相较于那边一天不落的农务日记，这一本的频率最多也就是一周一篇。与其说是日记，倒不如说像是每周报告。

与之相对的，这里面记载了一些日常生活或惠美幼时的趣事，但母亲莱娜的名字一次也没出现过。最后一页的日期也停留在离魔王军入侵村子好几年前的日子。

"这本日记，还真是没头没尾。"

虽说是家人，但在擅自看了他人日记之后也不该说出这种话。

当然，这些关于父亲的回忆是很珍贵的，不过她也明白，这段时期记录的东西并不是现在她所必需的情报。

"离艾美来接我的日子只剩两天了……"

探索的计划蒙上了一层乌云，惠美虚弱地叹了一口气。

"土地规划管理证明，这是耕地分界线的证明书，这一份是用于扣除纳税的休耕申请……"

惠美重新回到资料整理的工作上，粗略浏览一张张木制资料，然后进行分类。

"街道管理委托金的缴纳证明，还有……这是什么？村长发来的新年贺卡居然会混在这里面。羊皮纸的放这边，还有……这一堆都是许可证和授权书。"

惠美已经可以像一般OL一样，熟练地整理起这堆资料。

"共同林区的定期采伐权，然后是……斧头所有许可证？居然连这种都有。还有……"

她整理着这些连听都没听过的许可证和授权书：

"建房子时的领主许可证、改建许可证、增建许可证，这些都跟房子有关。农具小屋建设许可证……这一份是开拓耕地新规许可证……咦？"

惠美的目光突然停留在手中那份羊皮纸上。

"跟土地相关的，刚刚好像都归类在这边了吧。难道是搞错了？"

是不是父亲在整理的时候弄错了？

仔细一看，这一份的制订日期跟建房子那一份是同期。

该不会是当时他没好好整理，积年累月之后就把这一份忘了吧？

惠美这么想着，正准备将那份开拓耕地新规许可证归类到跟土地相关的那一类——

"这是什么？"

她倒抽一口气，凝视着羊皮纸上的文字。

"这是哪里啊？"

如标题所示，所谓开拓耕地新规许可证就是在想开垦新耕地的时候所提出的申请资料，申请者所在村庄的村长或管理地区的领主会根据其纳税实录和收入高低来发行该证。

申请的耕地必须由申请者自己开垦，不过相对地，也有便宜购得土地的优点。不管其开垦的土地肥沃与否，收成如何，都必须根据开垦的耕地面积缴纳相应的税金，因此也有可能演变成重税。

所以，若不是非常有余钱的富农，一般不会提出这种申请。

更何况——

"为什么要选一个这么远的地方？"

第二章 勇者，为故乡而迷惘

上面所记载的地方位于村子东边的某座山里，离由斯提纳家管理的任何一片耕地都很远。

与艾美拉达给的那份地图对照着一看，即便是以成年人的脚程，从村里出发也得走上半天才能抵达那个地方。

"嗯？咦咦咦？"

惠美赶紧回过头去重新审查之前的资料。

结果，她在灌溉设施使用授权书的文件堆中，找到一份好像是被隐藏在其中的农具小屋建设许可证。

她查看上面的地点，正好与刚刚那份开拓许可证的地点一样。

"居然还有这种地方……我听都没听过。"

至少在惠美的记忆中，由斯提纳家所有耕地的所在地，以小孩子的脚程从家里出发只需走个十来分钟。

除了种植小麦外，父亲也只是在家里院子的小屋中养些鸡卖些蛋而已。

那么，这处离村子那么远的独立农用地，到底是做什么用？那个小屋，是建来干什么用的？

惠美像弹跳一般站了起来，飞快地翻阅刚刚看过的农务日记，照着那两份神秘许可证上的日期找到了那附近与农务有关的记录。

她一脸兴奋地重新审读：

"什么都没收获，也没种什么作物。可是……"

在农具小屋建筑许可证发行之后三天的日期页面上，有一行小字是第一次没看到的：

"9……这是数字的9吗……"

一开始她还以为这是写错的记录，所以没太注意，不过现在在惠美看来却是一个极其重要的信息。

这不会是一个偶然。"进化圣剑・片翼"和阿拉丝・拉姆斯的核心——卡巴拉生命之树的耶索德,正是生命之树的第"9"个果实。

惠美无法抑制心脏的鼓动,将手抵在胸口前。

"阿拉丝・拉姆斯……"

"唔?"

看来阿拉丝・拉姆斯正在惠美体内小睡。

但是她必须尽快确认这个信息。

惠美不由得抬头看看被晚霞染红的天空。

两天后,艾美拉达会来接她。不过这个地方以成年人的脚程需要半天。如果到了那边还要进行一轮大范围的搜索,恐怕会赶不回来和艾美拉达会合。

话虽如此,若是留住艾美拉达,让她多等一会儿,可能会给负责统筹信息和行动的她添麻烦。

"看来只能飞过去了。"

若是用飞的,只要不是很快的速度,应该不会被惠美的"敌人"察觉。

"再说了,这里又不是日本,这个世界到处都有人在使用圣法气。"

在这边的大都市里,夜间会用法术照明,像锻造法具,还有铃乃曾经带进魔王城的那些祝祀农作物的生产活动等多种领域都会用到圣法气。

特别是西大陆的法术文化比其他大陆更为发达,所以每年圣法气的消耗量都比其他大陆多三成。

考虑到所剩时间和艾美拉达的立场,比起烦恼要不要使用圣法气，延长调查时间的问题更大。

"而且……我和千穗都约好了。"

惠美说完，看了看左手手腕上的手表。

这个松弛熊手表她是刻意一直戴到现在的。

这样可以比较地球和安特·伊苏拉两边太阳的运转状况。

虽然两地存在着时差，但地球和安特·伊苏拉之间一天的时间长度基本是一样的，这也只能说是奇迹了。

在地球的九月十二日那天，他们都准备为千穗和惠美办一个生日派对。

"我得遵守这个约定。"

惠美收起这两份资料，然后把露营用具收进行李包，准备离开这个怀念的老家。

"回来时再顺路来看一下吧。"

她穿过大门，抬头看看与和平时期一模一样的家园，不由得抿紧了嘴唇。

既然之前约好和艾美拉达在这个村子里会合，那回去时就把"门"设在自家上方好了。

"我走啦。"

惠美一边思考着这些事，一面慢慢地浮到半空。等视野中的村子渐渐拉远了，她才朝着东边的新目的地飞去。

从地图上来看，目的地是一处长着阔叶林的宽敞山地。

原以为那边是一块还没开垦的土地，不过这里似乎也会在某些特定的季节里用来狩猎。

山脚下有个部落的遗迹，似乎是一处小小的休息区，应该是用来处理猎物的。

复兴工程还没在这里开展，因此这里也没什么人烟，不过惠美还是在某间废屋前发现一幅记载了登山道的地图。

她本来以为这里是一处保密基地，憋足了劲跑到这里，但从其他人留下的登山记录可以看出，在特定季节的时候这里会有大批猎人入山，惠美不得不开始怀疑父亲是不是也会在农闲时跑来狩猎。

狩猎区一般会分散配置好几间狩猎木屋，在这里当管理员的人都可以从狩猎公会那儿获得一小笔酬劳。

"该不会爸爸跑来这里做生意吧……"

现在她已经有所成长了，所以对这方面也有所理解了。意外得知父亲有打小算盘的一面，惠美倒是有点心情复杂了。

"不过，既然有农具小屋许可证和开拓土地许可证，那可能和狩猎也没什么关系吧……"

好不容易找到算得上是线索的情报，不过还是得上山一趟，直接到现场去确认一下。

抱着这种想法上山的惠美看着这条堪称兽道的登山道。

其实她原本也不期望这里有类似日本观光山区具备的平坦登山道，但也没想到自己得顶着一个大太阳，在这些外行人根本分不清是上山还是下山的树林里穿梭。

虽然现在还是白天，但这片山区覆盖着大片浓密的阔叶林，还隐藏着很多生命气息。

或许是在魔王军入侵之后就再没有猎人上山，所以惠美总是碰到一些被野生植物阻隔的兽道，或是前方突然蹿出日本不会出现的巨型动物，这样也导致她的登山毫无进展。

虽说这些野生动物根本不是她的对手，不过对这里来说，她是一个入侵者，所以还是希望尽量避免与这些无辜的动物开战。

"从空中看可能会比较清楚吧……好像也不行。"

惠美擦了擦汗，仰望上空，随即便否认了自己这个想法。

阔叶林茂盛的枝叶遮挡了天空，虽然现在是正午却显得很阴暗。

就算是飞到半空，也不太可能看到被树木遮挡住的地面。

"就这情况，能在今天内找到吗？"

惠美有点不安了，拿起艾美拉达给的地图开始对照记载了登山道的地图。

首先，这座山的范围太大了。

其次，那份令人困惑的授权书上只用文字记录了土地的位置，光靠手头上这份地图根本无法找出那个特定的地点。

若是等到太阳下山，就更难以搜索了。

惠美不可能在这野兽遍布的山中露宿，因此只能回到山脚下的那个部落。

"南边的半山腰……南边范围那么大，登山道也没整修过，半山腰到底是哪个位置啊……我还以为已经跑到很高的地方了。"

惠美是从西边进山的，但山里哪有什么像样的标示让她看懂东西南北的方向。

这个时候——

"嗯？怎么了？怎么突然要……咦？你要出来？"

她体内的阿拉丝·拉姆斯似乎想说点什么。

"好、好吧。你等一下……喝！"

虽然很疑惑，但惠美还是顺着阿拉丝·拉姆斯的意思，将她具象化出来。

刚想顺势抱起,阿拉丝・拉姆斯却躲开惠美的手,在落地后就靠着自己稚嫩的双脚跑动起来:

"妈妈,这边。"

"等、等一下,阿拉丝・拉姆斯?"

"妈妈,快点!走这边!"

阿拉丝・拉姆斯焦急地回头催促,但迈在兽道上的脚步丝毫没有减速。

"等等,阿拉丝・拉姆斯!你要去哪儿?至、至少先喷个防蚊喷雾……"

惠美拿着儿童专用的防蚊喷雾紧紧追在阿拉丝・拉姆斯身后。

虽然事先让阿拉丝・拉姆斯穿上了长袖衫和长裤,但惠美还是担心孩子会被蚊虫咬到,也担心她跑得那么快会被尿不湿的布料摩擦到皮肤,总之都是些鸡毛蒜皮的事。

然而,阿拉丝・拉姆斯跑动的方向与眼神似乎没有半分迟疑,一直奔跑在惠美认为没有任何路标的道路上。两人就这样一追一赶地跑了将近十五分钟。

最后,阿拉丝・拉姆斯停在兽道旁的一棵大树下。

"究、究竟是怎么……"

惠美好勉强才赶了上来,接着抬头看看阿拉丝・拉姆斯停驻的这棵大树。

说是大树也没错,不过这里除了兽道之外,几乎就是一座原始的森林了。

因此这棵树的外表也没什么起眼的地方,也不是特别高大,更算不上是稀有品种。唯一跟周围树木不同的是——

"它已经枯萎了。"

抬头一看,才发现这棵树已经一片叶子也不留了。那些覆盖在树干上的青苔和藤蔓,一般来说是不会生长在还活着的树木上的。

"这棵树怎么了吗,阿拉丝·拉姆斯?"

阿拉丝·拉姆斯就站在惠美旁边,点着头对妈妈说:

"走这边!"

说完,她就径直走进了枯树的树干中。

"啊?"

惠美费了一点时间才看懂眼前的状况。

阿拉丝·拉姆斯那娇小的身躯就像被施展了穿透法术般,散发着一道微光,被吸进了枯木树干中。

"阿、阿拉丝·拉姆斯?等、等一下,快回来!"

惠美赶紧想解除阿拉丝·拉姆斯的具象化——

"阿拉丝·拉姆斯?奇怪?"

小女孩没有回来。

她的体内感觉不到圣剑变成进化天银回到身上的气息。

"不、不会吧?这是怎么了?阿拉丝……"

正当惠美为这突发状况而混乱之时——

"妈妈,你还不过来吗?"

阿拉丝·拉姆斯若无其事地从枯木树干里探出一张脸。

她的身体与树干都散发着一层迷雾一般的白光,额头上还发出一点点紫色光芒。

"阿拉丝·拉姆斯!"

"妈妈,这边来。妈妈也能进来的哦。快点哦。"

小女孩很快又缩回枯木树干里去了。

"什、什么叫进得去……"

确认到阿拉丝·拉姆斯安然无恙之后,惠美虽然有些讶异,但还是抱着姑且一试的心情摸了摸枯木树干。

"只、只是普通的树。"

那棵树摸起来和普通树木没两样,轻轻一使力,似乎也无法像阿拉丝·拉姆斯那样直接穿过。

"阿、阿拉丝·拉姆斯,你快回来!我进不去啊!"

然而这次不管她怎么叫唤,小女孩都没有回头的迹象。

"到、到底是怎么回事?这是怎么回事……"

惠美蹲在枯木下,摸了摸阿拉丝·拉姆斯消失的地方,但那里摸起来也和普通树木一样。

这时,惠美突然想到一件事。

刚才阿拉丝·拉姆斯探出头时,额头上发出了紫色的光芒。

也就是说,是构成阿拉丝·拉姆斯的核心——耶索德碎片在发光。

"如、如果真是那样……"

"进化圣剑·片翼"和阿拉丝·拉姆斯都在这棵枯木之中。

这么一来,此时此刻的惠美可以运用的碎片也就两个了。

一个是破邪圣衣,一个是镶嵌在恶魔大尚书卡缪那把宝剑剑鞘上的碎片。

惠美从行李包里拿出以前在东急HAND买来素材制作的小瓶子,里面装着碎片。她半信半疑地往瓶子里注入圣法气,紧接着——

"哇!"

由于担心被天界势力觉察碎片的存在,惠美只释出了一点点力量,而装在小瓶子里的碎片还是能对着枯木树干射出一道

紫光。

"这、这样就行了?"

惠美担忧地吞了一口口水,再把手贴上紫光照射的地方。

"哇啊啊!"

这一次,本应该触摸到枯木树干表面的手居然毫无阻碍地探了进去,同时还感受到一股很强的吸引力。接着,她整个人就被扯进树干中,消失无踪了。

"好痛痛痛痛……"

虽然身上背着行李包,却意外地没受到什么阻力,结果让惠美这个堪称世界最强的勇者以一个很不堪的姿势摔了一跤。

跌倒在地的惠美闻到了泥土的味道。她皱着眉头,慢慢爬了起来。

紧接着,她又为眼前的景象倒抽了一口气。

枯木发出的光芒前方有一条道路。

当然,这是一条兽道。

不过这条兽道旁边的树木非常整齐地排列着,就像东京街头的街边树一样。

显然,这不会是天然形成的。

"妈妈,快到这边来!"

阿拉丝·拉姆斯站在不远的前方,朝惠美用力地挥手。

确认阿拉丝·拉姆斯平安无事的惠美松了口气,不过还是立刻收敛了表情,紧紧跟在小女孩身后。

阿拉丝·拉姆斯看到惠美确实跟上来之后,便开始在兽道上带头迈步。

这条路一定是与父亲和母亲有关的线索。

单凭必须由阿拉丝·拉姆斯和耶索德碎片来带路这一点，就可以证明这个想法了。

看来这边的时间依旧和枯木光芒那一边一样会流逝。惠美将耶索德碎片拿到前方，以它充当光源照亮前方的黑暗。

惠美沿着这条没有虫鸣鸟叫，甚至感受不到野兽气息的寂静兽道走了大约五分钟后，视野突然变得开阔，前方也出现了一栋小屋。

小屋旁边的土地有耕作的痕迹，周围没有树林，只有几棵结了可食果实的树木。

这里没有人的气息，看起来似乎荒废了一段时日。但自从回到安特·伊苏拉，惠美的心脏还是第一次跳得这么厉害。

夕阳正渐渐消失在地平线的另一端。

取而代之的是，皎洁的月光和耀眼的星光开始出现在夜幕中，并映照出与外部空间一样的颜色。凭着这些星星的位置，惠美推测出这里就是父亲取得授权的南面山坡。

"妈妈。"

阿拉丝·拉姆斯就在小屋前等着惠美。

惠美把耶索德碎片放进口袋，接着走向阿拉丝·拉姆斯。

"阿拉丝·拉姆斯……这是哪儿？"

等惠美回过神来时，这个问题已经脱口而出了。

阿拉丝·拉姆斯在枯木外的兽道上奔跑时，显然是看准了这个地方。

但阿拉丝·拉姆斯给出的答案出人意料：

"这儿不是妈妈家吗？"

小女孩反问道。

"为什么,你会这么觉得?"

连发问都这么结结巴巴,内心这么软弱的自己让惠美感到一阵厌恶。

其实有件事一直让她很在意——

阿拉丝·拉姆斯为什么会称她为"妈妈"?

根据推测,阿拉丝·拉姆斯诞生于真奥那座建在中央大陆的魔王城之中,而惠美除了身为耶索德碎片的持有者之外,应该没有其他任何原因促使她称呼惠美为"妈妈"。

惠美没想到自己会突如其来地被迫面对这个答案。

"因为这里有妈妈的味道。"

对现在的惠美来说,阿拉丝·拉姆斯的回答实在太残酷。

"妈妈的……味道……"

天空一片晴朗,从山坡上眺望的景色更是辽阔。

然而——

此时,惠美心情极度沮丧,就跟那天与她最爱的父亲分别一般。

"阿拉丝·拉姆斯。"

"什么事?"

"阿拉丝·拉姆斯的……'妈妈',叫什么名字?"

"妈妈的名字?"

阿拉丝·拉姆斯疑惑了一小会儿之后才开口:

"莱娜。"

突然现身于Wira·Rosa笹塚的阿拉丝·拉姆斯曾说过她的"爸爸"是"撒旦"。

在被问到妈妈是谁时,阿拉丝·拉姆斯也只是用手指指向惠美。

惠美回忆起这几个月来与阿拉丝·拉姆斯共度的短暂生活。

阿拉丝·拉姆斯叫惠美为"妈妈",但是从来没叫过惠美的名字。

对现在的阿拉丝·拉姆斯来说,她喜欢的"妈妈"无疑是指惠美本人。

不过,抵达日本之后的阿拉丝·拉姆斯一直注视着,是惠美身后的"莱娜"。

若阿拉丝·拉姆斯认为"父亲"是魔王撒旦——真奥,"母亲"是惠美的母亲——莱娜,那么——

"救了那个年幼魔王的人……是妈妈……"

在东京巨蛋的摩天轮中,惠美听真奥贞夫讲了自己的过去。

惠美当时就有预感了。而当事实摊在眼前,她的双脚竟颤抖到只能勉强站立。

"那个笨蛋魔王……什么叫'我不认识的人'啊……"

惠美声音颤抖地骂着不在场的真奥。

惠美当时问是哪个天使救了年幼的他,真奥却回答"是你不认识的人"。

说实在的,惠美并不了解"自己的母亲",也不认识"那个叫莱娜的天使"。

但她至少知道,"那个叫莱娜的天使"是自己的母亲啊。

"我居然……这么动摇。这样简直就像我早就被人看透,还让那家伙费心了……"

但不管再怎么骂，她至今所见的一切都指向了一个事实。

母亲救了年幼的魔王撒旦，而那个撒旦却在长大后入侵安特·伊苏拉，毁了惠美和父亲的所有生活，以及众多人类的幸福与性命。

"我……"

惠美还没蠢到去替与自己无关的母亲的所作所为负责。

不论是现在的惠美，还是现在身处地球的真奥，都不明白莱娜这么做的意图，他们也不觉得莱娜会在没有任何想法的情况下做出行动。

那么，母亲究竟是基于什么原因在当年救下年幼的撒旦呢？

"……"

"妈妈，你怎么了？"

惠美看着阿拉丝·拉姆斯。

阿拉丝·拉姆斯是从莱娜托付给真奥的耶索德碎片诞生的。

如果只看这一点，或许也可以看成莱娜之所以帮助真奥，是为了让阿拉丝·拉姆斯诞生到这个世界上。但真奥本人直到最近才知道阿拉丝·拉姆斯的存在，还忘记了碎片的事情。

"不过……"

惠美回想起与艾美拉达、阿尔华德和奥尔巴一同进攻中央大陆魔王城的那一天。

曾经的她一直相信，当时圣剑放出的紫光就是指引他们前往魔王所在地的引导之光。

虽然那些光芒指引勇者前往魔王所在的传说，一直与形成圣剑与破邪圣衣核心的进化天银一起在大法神教会里世代流传。但如今，惠美已经知道那只是圣剑与耶索德碎片在变成阿拉丝·拉姆斯之前的相互吸引。

"咦？"

想到这里，惠美又突然想起了某件事情。

在教会传承下来的指引之光，只是耶索德碎片彼此吸引而产生的反应。

既然如此，如果惠美在那天打败魔王撒旦，事态会如何演变呢？

"我还会遇见你吗？"

"嗯？"

惠美注视着阿拉丝·拉姆斯的额头。

若在惠美打败魔王撒旦后，指引之光依然没有消失，那么当时的惠美肯定也会觉得不对劲。如果她继续跟着指引之光，并遇见还没变成阿拉丝·拉姆斯这个样子的耶索德碎片……

"我还能像现在这样和你融合吗？"

本以为"进化圣剑·片翼"与阿拉丝·拉姆斯的融合，只是一次在地球上与加百列对峙时偶然发生的事件。

不过，阿拉丝·拉姆斯当时是基于自己的意志将圣剑吞掉的。

碎片是会彼此吸引的。

换句话说，它们是想恢复原状吧。

就像惠美的圣剑、破邪圣衣和阿拉丝·拉姆斯那样。

"妈妈……莱娜明明是故意到处散布耶索德碎片……现在又打算花时间让碎片恢复原状吗？"

这到底是为什么呢？

仔细一想，惠美原本也不知道耶索德的外表与大小，所以当然也不知道碎片的总数。

既然不知道果实变成碎片的经过,自然也无从得知是什么人以什么方法将其弄碎了。

不管怎么说,所有果实都是构成世界的宝珠,应该不会像玻璃那样易碎。

大概是某人用某种超越惠美想象的非人力量弄碎的吧?

不过,如果这一系列的事端从一开始就是莱娜的个人所为,也未免太勉强了。

光是一个碎片就足以让守护天使加百列与大天使沙逆夜亲自来找,看来应该还有其他协助者。

如果真是这样,那么那个与莱娜关系密切的人,应该就是天界的人了。

不过那人到底是谁呢?

在东京铁塔事件中,拉贵尔也说过,莱娜目前正被天界追捕,但令人困惑的是,说到与她境遇相似的人,除了漆原半藏,即堕天使路西菲尔外,惠美完全想不到还有什么人。

"那……应该不太可能吧。"

惠美很干脆地否定了这个想法。

倒不是因为漆原平常的生活态度表现得不像一个天使,而是因为,如果漆原也跟耶索德碎片有关,是莱娜的帮凶,那么他对待惠美的圣剑或阿拉丝·拉姆斯的态度应该会有所不同。

惠美在西大陆和笹塚与漆原对峙时也曾使用过"进化圣剑·片翼",但漆原在那两次战斗中都只把惠美的圣剑当做"人类所拥有的强力武器"而已。

当阿拉丝·拉姆斯出现在笹塚时,他也表现得和真奥、芦屋一样,真的被养娃的一堆事情搞得头大。

"这么说,应该是我不认识的人了。"

惠美的思路因线索不足而陷入瓶颈，不由得叹了一口气。

不过，她至少弄明白了几件事。

若救了年幼撒旦——真奥的人是莱娜，那就表示莱娜的活动范围还包括了魔界，因此其他碎片也有可能在魔界。

虽然不知道原因，但如果她的目的是让碎片重新结合，那么大法神教会里那些关于圣剑与破邪圣衣的传承，应该就是那个长命百岁的天使莱娜刻意窜改后再传给人类的假故事。

更重要的是——

"爸爸都知道。"

母亲托付给千穗的记忆——关于父亲与另一把圣剑。

另外，在魔王军入侵之前父亲将惠美交给前来迎接的大法神教会时所说的那句话：

"你的妈妈应该还在某处活着。"而最明确的证据，就是这个地方——如果没有耶索德碎片，就无法进入这里。这说明父亲诺尔德在生前就知道了关于莱娜的一切。他特地申请那些授权书与许可证，纯粹是为了有理由带一些整顿这里所需的道具与物资进山吧。

只要诺尔德缴纳足够的规定税金，那村长与领主根本不在意他是否使用了小屋与农田，他们也不会为了这么一小块土地每年花心思来视察。

就算真的有人来视察，一般人也只能看见一棵枯木和一片未开拓的森林，顶多只会觉得是开垦失败了吧。

"除此之外……我还知道了另一件事。"

惠美回头看看由枯木入口走到这里的那条直路。

"打造这个地方的人，应该是妈妈吧。"

父亲不是高级的法术士，所以这一点她可以肯定没猜错。

即使他真的会法术,也无法打造这么一个拿耶索德碎片当钥匙进出的空间,这种事估计连艾美拉达都难以办到。

总而言之——

"只要详细调查过这里,应该就能找出爸爸妈妈的秘密了。"

即便找到答案,也不一定能搞清楚这些复杂又离奇的事实。

不过,她不能在这种时候屈服。

毕竟有这么多线索摆在眼前。

现在也只能祈祷了。

"'我不认识的人'啊……"

惠美发现原本因动摇产生的颤抖,在自己陷入思考的期间已经渐渐停止了。

"我现在什么都不知道……也不知道什么才是真相。"

就算要绝望,等掌握了答案之后再来绝望也不迟。

"先彻底搜一搜这个小屋!走吧,阿拉丝……咦,阿拉丝·拉姆斯?"

惠美有点赌气似的让自己强打精神,为了鼓励自己还刻意大声喊了一句,结果却发现最重要的阿拉丝·拉姆斯不知何时不见了。她慌慌张张地呼唤小女孩的名字。

"阿拉丝·拉姆斯?你在哪儿?"

怎么叫都没回应。

"难、难道说……"

这块平地位于山区陡坡,土地边界与陡坡相接处没人会贴心到设置防止坠落的栅栏,惠美想到小女孩有可能在离开自己视线时掉下去,顿时吓得脸色苍白。

虽说阿拉丝·拉姆斯不怕迷路,还能自行在空中飞翔,但一个小女孩能否自己根据状况做出适当的判断并使用能力就又是另一回事了。

惠美担心阿拉丝·拉姆斯会跌落山坡受伤,赶紧绕到小屋后面寻找小女孩。

"什么嘛,原来你在这里啊。"

当发现小屋后方伫立着一道娇小的背影时,惠美松了一口气。

"阿拉丝·拉姆斯,我们进屋去吧,过来。"

惠美对着那道背影呼唤,但是——

"……"

"阿拉丝·拉姆斯,怎么了?"

阿拉丝·拉姆斯没有一丁点儿反应。

惠美走到小女孩身边,顺着她凝视的方向看去。

"这里好像种过什么东西。"

随着时间的流逝,这里已经杂草丛生,不过阿拉丝·拉姆斯凝视的那块土地上有一个似乎曾埋过某种巨大物体的洞。

"亚西艾丝。"

"嗯?怎么了?"

"亚西艾丝……亚西艾丝!"

"咦?"

"妈妈……亚西艾丝在哪里?"

"艾、亚西艾丝?"

"亚西艾丝……亚西艾丝在哪里?"

阿拉丝·拉姆斯盯着凹洞直喊。

"妈妈,亚西艾丝在这里!亚西艾丝来过这里!然后她就不见了!为什么?"

"你、你冷静点,阿拉丝·拉姆斯。亚西艾丝是谁……"

见阿拉丝·拉姆斯的态度变得很突然，惠美更是焦急，不过她至少知道有某种重大的事情即将发生。

每次阿拉丝·拉姆斯的话变多，开始反复说一些惠美听不懂的话，并变了一个人的时候——

都会发生跟果实有关的事情。

惠美拼命地从记忆深处搜索那个被阿拉丝·拉姆斯说得口齿不清的名字。

"阿拉丝·拉姆斯，你说的'亚西艾丝'……该不会是指'亚西艾丝·安拉'吧？"

那些由莱娜托付给千穗，再由千穗托付给惠美的，关于站在麦田里父亲的记忆。

当时父亲也提过"亚西艾丝·安拉"。

惠美觉得那个在中央交易语言代表着"刃之翼"的词语，就是除了"进化圣剑·片翼"以外的另一把圣剑。

不过——

阿拉丝·拉姆斯这么说：

"亚西艾丝来过这里。"

惠美曾亲眼见过与阿拉丝·拉姆斯同质的存在。

那是疑似从格布拉果实诞生的孩子，伊尔恩。

既然如此，与阿拉丝·拉姆斯一样，名字中也带了"翼"字的"亚西艾丝·安拉"——

"是从耶索德果实诞生的孩子的名字吗？"

"亚西艾丝！我来了！亚西艾丝！你在哪里？"

阿拉丝·拉姆斯大声呼喊着已经消失的某个人。

如果真奥说的是真的，那么阿拉丝·拉姆斯应该也是从种在土里的耶索德碎片诞生。由此可以推断，这个让阿拉丝·拉姆斯感觉到有些什么的洞里，曾经埋着"亚西艾丝·安拉"原形的耶索德碎片。

考虑到已经有好一段时间无人造访这个由她父母打造的场所——

"阿拉丝·拉姆斯……很遗憾，亚西艾丝已经不在这里……"

"不要！妈妈也一起来找亚西艾丝！这里有亚西艾丝的味道！"

"冷静点，阿拉丝·拉姆斯，亚西艾丝一定跟伊尔恩一样，去了另一个地方。"

惠美试图让阿拉丝·拉姆斯冷静下来，但小女孩还是不肯罢休。

当初遇见伊尔恩的时候，阿拉丝·拉姆斯也曾倔强地反抗惠美的意思，解除了"进化圣剑·片翼"的具象化；现在阿拉丝·拉姆斯又急着去找亚西艾丝·安拉，而且表情比当时更加严峻。

"妈妈，拜托你，亚西艾丝……"

"阿拉丝·拉姆斯……"

虽然阿拉丝·拉姆斯与一般的小女孩不同，但她以前几乎不曾这么不听惠美的话。

惠美束手无策，决定先抱起阿拉丝·拉姆斯安慰一番，让她冷静下来。就在惠美伸出手时——

"妈妈！"

阿拉丝·拉姆斯似乎想到了什么，用小手紧紧抓住惠美双手的手指。

"我们一起找吧！"

"咦？一起是指……咦？等、等等，阿拉丝·拉姆斯……"

情况已经演变到惠美无法阻止的地步。

阿拉丝·拉姆斯的额头渐渐发出光芒，浮现出紫色的月亮。

"亚西艾丝！"

随着阿拉丝·拉姆斯大喊出声，惠美的视野瞬间被染成紫白色。

"为、为什么会变成这样？"

惠美大喊着拼命冲下山。

总之，她要尽快离开这里才行。

惠美一边烦恼着该不该丢掉背上的行李，一边警戒着周围的天空，不顾一切地跑下山。

阿拉丝·拉姆斯的举动太冲动了。

过于执着亚西艾丝·安拉的阿拉丝·拉姆斯不顾一切地发动了完全进化到最终阶段的"进化圣剑·片翼"。

圣剑放出一股惠美至今从未体验过的庞大圣法气，直冲云霄的耶索德光柱更是在数十公里外都能看见。

现在可没时间担心行李如何，或是跟艾美拉达的约定该怎么办了。

"进化圣剑·片翼"与阿拉丝·拉姆斯额头上的耶索德碎片都全力启动了，惠美可没乐观到认为这样都不会被任何人发现。

惠美全力逃跑，根本来不及调查那个空间、农具小屋以及那一小块平坦的土地。

那些曾与惠美争夺过耶索德碎片的敌人都知道惠美的真实身份和故乡，所以如今她也无法回斯诺村了。

"不在，亚西艾丝不在……为什么？"

阿拉丝·拉姆斯在惠美体内号啕大哭。

既然释放出那么强大的力量，那么无论耶索德碎片在安特·伊苏拉的哪块大陆上，应该都会有所反应。然而，亚西艾丝·

安拉似乎没有回应她。

"妈妈,对不起……对不起。"

或许是明白自己的冲动造成了什么后果,尽管为找不到亚西艾丝哭个不停,阿拉丝·拉姆斯还是不断地向惠美道歉。

"没事啦,妈妈没有生气!阿拉丝·拉姆斯又没做什么坏事。"

惠美无视山地间的高低落差,用尽全力往下跳,不顾脸蛋和身体被树枝刮到,还反过来以折断树枝的气势往山下冲去。

"对阿拉丝·拉姆斯而言,亚西艾丝·安拉就是像伊尔恩或玛露库特那么重要,对吧?"

"嗯。"

"你一直很想他们,对吧?因为你总是孤单一人!打从离开卡巴拉生命之树以来,就一直是一个人!"

"嗯。"

"那我们是一样的哦!妈妈也一样!"

"妈妈……也一样?"

"嗯……啊啊,真碍事!"

惠美终于将背上那些妨碍奔跑的行李丢掉了。

在舍弃所有从现代日本带来的露营用具、食材和阿拉丝·拉姆斯的儿童用品后,惠美整个人也变得轻便了,更加拼命地冲下山。

现在她身上还称得上是行李的,就只剩下那部收在裤子口袋里超薄手机,那是为了与远在日本的铃乃和千穗透过概念传送联络。

"我也是一直孤单一人……我也一直在寻找,所以即使是敌人……即使是恨到想杀掉的敌人……我还是想见到他!"

惠美一边大喊，一边以非人的速度跑下山。

兽道逐渐变宽，坡度也变得平缓。

两人就快抵达猎人们的休息处了。

等到了那里确认情况后，就可以发动天光骏靴，要腾空也行要走陆路也行，总之她要用尽全力逃往与自己那些过去无关的地方。

此时此刻的她已经无法去和艾美拉达会合了，也无法遵守与千穗的约定，甚至——

连日本也回不去了。

即使如此，惠美还是无法责备阿拉丝·拉姆斯，她也不想那么做。

因为她也一直想见那个人。面对那个人，她可以不隐藏真正的自己，并且认识真实的自己。

除了与生命之树有关的事情以外，阿拉丝·拉姆斯的精神方面就跟普通的小女孩没两样。一想到她打从魔王撒旦年幼时起，就一直孤独地待在耶索德碎片的核心里，惠美怎么忍心开口去责备她。

总之，现在最重要的是得在被"敌人"发现之前逃走。

无论来的是什么敌人，惠美应该都能够摆平的。

不过若战场是在安特·伊苏拉，"敌人"应该也跟惠美一样，能发挥出远胜于在日本时的力量。

根据对方的阵容，她或许无法手下留情。但这么一来，惠美就变成勇者艾米莉娅了，而她还活着的事实自然也会真正地在安特·伊苏拉传开。

这样一来，围绕着惠美与"进化圣剑·片翼"呈对立关系的各方势力将无可避免地开始各自打算，刺激彼此，最后爆发激烈的冲突。

艾美拉达和阿尔华德当然会被卷入，大法神教会也不会袖手旁观。

若大法神教会的老巢知道艾米莉娅回乡了，或许会给身处日本的铃乃带来危害。

若铃乃受到连累，必然会大幅增加日本、千穗以及梨香一同被波及的可能性。

要是现在与敌人接触，别说是日本了，连安特·伊苏拉都可能没有惠美与阿拉丝·拉姆斯的容身之处了。

更别提什么约定或世界的真相了。

总之，现在必须先隐藏行踪。

惠美不停地跑着，即使被"敌人"发现她就在安特·伊苏拉，也不能让这件事被公之于众。

"唔？"

然而——

"这、这是……"

在即将穿过休息处的中央广场时，惠美突然停下脚步。

"妈妈……"

惠美无法回应阿拉丝·拉姆斯那个不安的声音。

整个休息处的空间开始扭曲。

眼前的景象与空间仿佛空中开洞，地面开始迸裂，街道也渐渐崩毁，包围住惠美的一切都开始龟裂。

"是'门'……"

惠美咬紧牙关。

已经来不及了。

敌人抢先一步了。

他们居然带着大批兵力,不惜动用"门"来追寻耶索德碎片。

首先从大地裂缝中出现的,是统治着东大陆大帝国、全副武装的俄福萨哈骑士团。

他们手上都缠着镶白边的翠绿色手巾,看来这就是被称为镶翠巾骑士团的军队了。

镶翠巾骑士团一现身就举枪对准惠美,像包围猛兽般从四面八方远远地围住她。

"唔……"

惠美顾不得融合状态的阿拉丝·拉姆斯还在哭泣,举起手准备将"进化圣剑·片翼"化为实体。

"你最好老实一点,艾米莉娅。"

听见这道从镶翠巾骑士团中传来的声音后,惠美的呼吸瞬间顿住。

"以你现在的力量,的确有办法摆平现场包括我在内的所有士兵,不过……"

"如果这么做,你一定会后悔。"

现身于一众士兵之中的,是两名外表呈现明显对比的男子。

一位是身着庄严法衣,头上有剃度的老人。

另一个是留着一头爆炸头发型的年轻男子,穿着一件不可能出现在安特·伊苏拉、绣有文字的朋克风皮革外套。

"奥尔巴……拉贵尔……"

惠美愤恨地喊出两人的名字。

"表情别那么恐怖啦。"

拉贵尔耸了耸肩膀。

"都已经探测到那么夸张的反应了,我们总不可能还悠闲地散步过来搞突击吧。当然会开个'门'跑过来找你的嘛。"

"万一被别人抢先可就麻烦了。"

奥尔巴笑着说道，表情依旧深不可测，就像过去他与惠美一同旅行，以及在笹塚以背叛了惠美的敌人身份站在她面前时那样。

"叛教大神官和审判天使带这么多俄福萨哈的士兵来有什么事吗？我实在看不出来这组合有什么意义。"

惠美瞪着一颗秃头和一颗爆炸头说道。

"你觉得我们来这里是为了什么？"

拉贵尔毫不在意惠美的视线，反而睥睨似的反问。

"这个嘛……如果大法神教会和天界是为了拯救被巴巴利提亚控制的俄福萨哈而来找我助阵，那我也并非不能跟你们谈一谈。"

惠美戏谑地说着，同时观察对手的反应。

不知为何，奥尔巴和拉贵尔惊讶地对望了一眼。接着——

"没猜中但也没猜偏了。"

"什么意思？"

惠美对奥尔巴那话中有话的语气很怀疑。

"总而言之，这要视你的态度而定，但我们这次来的目的并不是想像在日本时那样抢夺耶索德碎片。因为状况有了点变化。"

但拉贵尔在此时打断了两人的对话：

"勇者艾米莉娅·由斯提纳，请你跟我们到俄福萨哈走一趟吧。"

"我拒绝。"

惠美立刻回道。

奥尔巴和拉贵尔连眉头都没皱一下,似乎早就料到事情的结果会是这样。

"我姑且问一下你的理由。"

"你们自己摸摸良心回想一下在日本做的事情吧。像你们这种为了自己的目的就能若无其事地做坏事、去伤害无辜者的人,还有什么资格证明自己的正当性。"

"原来如此,这么说也有道理。"

"嗯,的确是无话可说。不过即使如此,你还是得跟我们走。你没有拒绝的权力。"

"随你们怎么说。反正我这个月的行程都已经排满了。要玩什么霸权家家酒的话,自己去找魔王玩吧。"

惠美以坚定的口吻说完,然后对着奥尔巴和拉贵尔将"进化圣剑·片翼"实体化。

"奥尔巴,你说得没错,现在的我稍微动真格就能轻易消灭你们,而且我也没有迟疑的理由。快给我退下,否则……"

就在惠美准备拔剑应战时——

"刚才那个是……"

周围的空气传来些许振动。

大概是远方某处发生了爆炸。

不对,在触目所及的范围内并没有发生什么巨大的破坏。

但惠美感觉到了。

振动来自西边,也就是惠美的故乡斯诺村的方向。

"这是……魔力?"

这种既不是天使也不是人类的力量,只有魔界的恶魔才有。

而那能量爆发的气息,来自于斯诺村的方向。

拉贵尔露出一个令人难以想象是天使该有的讨厌笑容,似乎是注意到惠美已经发现那股魔力。

"有个叫什么多拉奇的，名字很容易让人咬到舌头的马纳勃郎西恶魔就在那里。"

拉贵尔刻意看向斯诺村的方向说道。

"我一跟他说，恶魔大元帅马拉库塔的仇人老家在这附近，他就硬要跟来，劝也劝不住呢。"

"难、难道……"

惠美瞬间一脸苍白。

"这里毕竟是西大陆，为了避免被不知情的圣埃雷骑士团讨伐，我可是事先提醒过他别乱来的。不过如果你不肯听我们的，我也不敢保证事情会变成什么样哦。"

若是想阻止勇者艾米莉娅使出全力的强大力量，像拉贵尔这种威胁的说法实在是过于拙劣。

"马纳勃郎西族也是恶魔，在复兴进展顺利的西大陆里，他们无法获取强大的魔力。不过，对他来说，消灭一个无人的村子还是小菜一碟的。"

惠美应该一辈子都无法忘怀奥尔巴此时隐藏在扑克脸底下的邪恶内心，简直令人难以想象那是人类会有的念头。

"艾米莉娅，我记得你的梦想是重建父亲的农田，对吧？"

"奥……奥尔巴，你……你到底……"

"其实我刚才顺道去看了一下，令尊的麦田至今还坚强地存活着呢。"

圣剑剑尖仿佛失去了力气般慢慢垂下。

"怎么样？"

惠美无法回答拉贵尔的问题。

她拼命地思考，最终还是束手无策。

即使现在她可以甩掉拉贵尔和奥尔巴全力飞回斯诺村，对恶魔而言，要破坏这些农田和惠美的老家应该也是很容易的吧。

过去在讨伐魔王撒旦之旅中，他们也曾路过斯诺村，当时奥尔巴就知道了惠美老家的位置。

当时也是还有些小麦存活了下来，但既然父亲已经不在，惠美也觉得这些农田不可能重新恢复，于是也放弃了希望。

漂流到日本后，她也曾因为梦到那个场景而泪流满面——梦里有小麦香味和金黄麦穗，她与父亲就在故乡的村子过着和平安稳生活。

惠美的眼中流下一行清泪。

"我、我……"

勇者之名是人类希望的象征，是正义的证明。

在过去一次次浴血奋战中，惠美一直这么告诫自己。

然而昔日同伴艾美拉达、阿尔华德和奥尔巴都发现了她与魔王军作战的动机——她只不过是为了讨伐父亲的仇人。

惠美在晨光中看见自己儿时因魔王军而停止的时间已经重新开始运转，看到了父亲或许还活着的希望，也看到了父亲与自己种植的小麦幸存的希望。然而从与父亲挥泪道别那天起便中断的时间再度运转起来的那份希望，如今却在自己眼前被人粉碎了。

复仇并不困难。

尽管农田与家园都被毁灭，惠美还是能在愤怒与恨意的驱使下，毫不留情地将奥尔巴、拉贵尔、镶翠巾骑士团、以及在斯诺村待命的马纳勃郎西族拿来血祭，这种事对她来说是轻而易举的。

不过那样就结束了。

尽管只是区区的农田和小麦。

但是对惠美而言,那个希望是惠美从儿时的那一天起就不惜赌上自己人生的一切,极度渴望夺回的。

"我到底……该怎么办才好?"

惠美的心轻易屈服了。

这就是曾拯救世界免于绝望的勇者之心吗?

惠美手中的"进化圣剑·片翼"变得比在日本现形时更加短小了,就像将她内心的脆弱直接实体化般,随后圣剑更是逐渐消失了。

"我说过了吧?你只要乖乖跟我们走就好。"

"只要跟你们走,你们就不会对村子出手吗?"

"那是当然。而且我一开始就说过了,我们并不打算伤害你。不过前提是你不会做出抵抗或逃回日本的傻事……"

"我才没那个打算。"

"这样啊,那很好啊。"

拉贵尔和奥尔巴满意地点头后,举手示意骑士团解除警戒状态。

"那我们走吧。"

拉贵尔静静地宣告,并催促惠美道。

惠美顺从地走向由拉贵尔等人打开的"门"。

她来到"门"边,又看了一眼自己刚才跑下的山丘。

"对不起。"

她对着空中低喃一句,然后在拉贵尔的催促下,消失于"门"的光芒中。

第三章 魔王，心无杂念准备启程

"我不是说过了吗,我们没办法确定花多少天啊!"

"期限是一个星期!谁会为只用一个星期的东西花那么多钱啊!"

"那是你的问题!要是一个星期解决不了怎么办?我们必须考虑到延长时间的可能性,投资配备才对!"

"你总是一下子就把事情往坏的方向想!不是万一解决不了怎么办,是一定要解决它!好歹已经是社会人士了,要学会在期限内把工作完成!"

"设定一个怎么都没办法达成的期限,算什么像样的社会人士?如果光靠自以为是的原则和精神论就能完成工作,那大家就不用那么辛苦了!"

"太执着于理想的话只会没完没了!不管再怎么努力,能做的准备功夫都是有限的!没办法做到在该省的地方节省的人,光是公务员和政治家就够了!"

"越是像你这种指责别人浪费的人,越是没有能力留住必要物品!只会高喊效率化、效率化,那九官鸟也办得到!"

"你说什么?"

"怎样!"

"那那那那那个,你们太大声了!别这样吵架啦!"

千穗拼命地安抚吵得翻天的真奥与铃乃。

从一旁听起来,两人的争论简直就像雇主与职工针对近来的劳务状况展开毫无交集的议论,但三人目前所在的位置,是从笹塚徒步三十分钟即达的堂吉·利·赫德方南町店中的露营用具卖场。

第三章
魔王，心无杂念准备启程

两人吵架的原因非常简单。

俄福萨哈八巾骑士团与他们的敌人互相勾结，为了尽可能避免被他们逮捕，真奥等人在俄福萨哈旅行时最好远离大城市。

由于这趟旅程预计基本上将以露宿为主，因此真奥与铃乃都在着手进行相关准备，不过两人在露宿对策上产生了歧见。

"反正我们只有三个人，帐篷买一顶就够了吧！既然有可能会被敌人袭击，那预计可丢弃的东西还是能少则少吧！"

考虑到铃乃那辆摩托车要载的行李总量以及长达一周的行程，真奥认为帐篷只要一顶就够了。

"说什么傻话！帐篷应该要两顶，还有，睡袋也要一人一个才行！除了要各自管理好身体状况，我和亚西艾丝可都是女生，怎么能跟你一起挤在一顶狭窄的帐篷里！"

"就、就是啊！真奥哥，跟女孩子睡在一起不太好的！"

看来铃乃最优先的是减少身体负担，并且极力想回避与真奥睡在同一个空间里的状况。

就算先不论事态紧急，千穗心里还是很难接受真奥和其他女孩子睡在同一个空间里。所以先选择了支持铃乃⋯⋯

"别太看不起人了，我才不会在这种时候做出那种没品的事情！"

"没、没错，真奥哥是个绅士！"

不过马上又不自觉地替真奥说话。

"千穗大人你到底在帮谁啊！"

"对、对不起⋯⋯"

结果遭到了没来由的反击。

"话说回来，这也不是看不看得起你的问题！你每天都在打工，难道连买顶帐篷的钱都没有吗？"

"别把我跟你这个优雅的单身高等游民混为一谈!我这边可是每天都得让部下有饭吃呢!"

"别把我说得跟路西菲尔一样!真没礼貌!"

"总之帐篷一顶就够了!等和惠美他们会合后,要是逃不掉我们就玩完了!我们一会合就当场开'门',离开安特·伊苏拉!"

"开什么玩笑!'传送门'是非常复杂的法术!别以为像叫计程车那么轻松!更何况,要是艾米莉娅他们无法马上行动又该怎么办?既然无法保证会合后可以马上启动'门'逃跑,那我觉得最好还是多备几个帐篷让大家藏起来!"

"唔……既、既然如此,那至少选这几个夏季睡袋吧!既便宜又不占空间!"

"那边差不多要入秋了!或许会变得比你预计的寒冷!要是我们感冒了,哪还有余力去进行什么救援计划!"

"那那那那、么,既然如此,帐篷的事情还是晚点再考虑,先把其他东西买齐吧?等确定其他行李有多少之后,再决定要买什么帐篷怎么样?"

为了安抚对话完全没有交集的真奥和铃乃,千穗提出一个新建议。

然而——

"魔王!我不是说过了吗?车子载货的重量是有限的!光是备用汽油就够重的了,你还买那么多矿泉水干什么!"

"以前情况怎样我不管,但现在的我是个人类!万一喝不惯那边的水拉肚子怎么办!"

"你这个软弱恶魔!俄福萨哈不但水源丰富,粮食也很富足!那里到处都有河流和水源,只要带上这个滤水器和储水槽

就够了!所以饮用水可以到当地再准备!"

"你刚才不是才要求我们优先管理好身体状况吗?"

两人转头又为了喝水的问题开始争执不休。

"我还是觉得应该带米。"

"不对,应该带乌龙面。"

"我说你啊,在野外煮乌龙面也太夸张了吧?"

"外行人用饭盒煮米,想也知道一定会失败。反倒是即食的干乌龙面煮起来省时,也不用担心煮坏,而且重量也很轻,根本就无可挑剔。"

"那不如干脆带上饼干之类的保存食品,反正只是去几天。"

"食物是基本要求。在有余力的情况下,没必要过得那么艰难。"

"话是这么说,但乌龙面也太……"

结果,粮食部分也无法得出一个结论。

"还带驱虫喷雾。"

"的确,毕竟野外的虫子很多呢。"

不知为何,就只有驱虫喷雾这一项能在瞬间达成了协议。

"光源就选燃料型的灯吧!"

"不,LED灯比较好!"

"安特·伊苏拉也有燃料型的,万一必须丢弃,也比较不容易被追踪!"

"不过这样行李也会相对变多,电池型的只要一个按钮就能开关!而且这个附带了手摇式发电,还能同时给手机充电呢!"

"燃料灯比较好!那种灯的燃油在安特·伊苏拉也能补充,可以减少行李的量!手机充电带个移动电源就行了!反正手机在安特·伊苏拉只能用来当概念传送的增幅器,开不开机都没一样,不用在意电池剩多少电!"

"不对!肯定是LED灯比较方便!你该不会连这么简单的电器产品怎么用都没信心吧?"

"什么?明明是你中了科学文明的毒!你这样算什么魔王?"

就在两人为夜间光源各执己见,互不相让时——

"你们两位都给我消停一会儿!"

"哦?"

"呃?"

最后一个动怒的不是别人,正是千穗。

"我大概知道问题的纠结点在哪里了,看来你们都没有露营的经验吧?"

"确、确实没有啦……"

真奥尴尬地挠了挠脸。

"说、说到露营……之前每次传教旅行在野外露宿时,大部分的事都有修行僧帮忙处理……"

铃乃也小小声地为自己找了个借口。

"毫无计划的外行人再怎么想象都是白费功夫!看来最好是去找个店员问问,或者去专营露营用具的店请专家帮忙拟定一个计划!"

"是。"

被千穗说了这么一通,真奥和铃乃都有些沮丧了。

"哦哦,千穗好强。"

真奥全身突然发出强烈的紫色光芒,下一个瞬间,他身边原本空空如也的地方出现了一个银紫色头发的少女。

"我有所察觉，真奥在女孩子面前是不是几乎抬不起头啊？"

"唔哇哇哇！"

亚西艾丝·安拉的突然现身让真奥和铃乃急得环视周围。

确认周围没人注意这里后，两人才松了口气，唯独千穗一个人抬头看了店里的天花板一眼后绷紧了表情。

"那那那个……真奥哥，铃乃小姐！我们先到外面去吧！"

千穗好不容易才将头上浮现问号的三人带到店外，然后喘着气说道：

"我们完全被监视摄像机拍到了。你们以后要小心一点。"

惠美每次让阿拉丝·拉姆斯出现或与她融合时，都会小心注意周围情况。与惠美相比，真奥实在太粗心了。

"哦，对、对不起。喂，亚西艾丝，我不是说过了吗，不要自己随随便便跑出来……"

"我也没想到还有监视摄像机。不愧是千穗大人，果然是活在现代的人呢。"

"千穗好厉害！"

"要是被铃木小姐看见……说不定她会怀疑真奥的魔王身份是不是假的呢……"

三人满是佩服地看着千穗，看得她忍不住叹了口气。

"对了，铃乃小姐，你知道游佐小姐出发前做了哪些准备吗？我们参考一下她的状况，找个更专业的店问问吧。"

"嗯……艾米莉娅在那边有艾美拉达大人接应。不过照原计划，到那边后她应该会独自旅行。唉，虽然最后还得要看阿拉丝·拉姆斯怎么决定。"

换句话说，就是什么都不知道。

第三章 魔王，心无杂念准备启程

"总之我们先换个地方吧。先去东急HAND或是市中心的露营用品专卖店找找看，顺便问问他们的意见。我们的时间已经不多了。"

说完，千穗便带头迈开脚步。

回头确认三人都跟上来后，千穗开始思考起惠美平安回来后的事情。

虽然梨香表面上已经冷静下来，但她是否愿意原谅一直瞒着自己的惠美呢？

梨香因为今天也排了班，所以直接去上班了。

在魔王城与众人讨论完离开时的她露出了一个复杂表情，那个表情让千穗萌生一丝无法抹去的不安。

"异域文化的交流真难啊……"

真奥和铃乃还在千穗身后继续着刚刚在堂吉·利·赫德店里的论题，她回头看向两人，再次意识到自己周围状况的特殊性。

"不过……就算游佐小姐和芦屋哥平安回来……"

千穗仰望那轮被云朵遮蔽的太阳——正如自己此刻心情的写照。

"我……还能跟大家在一起待多久呢……"

即使找遍这个世界，也没有人能回答这个问题。

※

"谢谢您的来电！"

"谢谢您的来电！"

"我们将诚挚为您送达！"

"我们将诚挚为您送达！"

"麦丹劳外卖!"

"麦丹劳外卖!"

"嗯,基本的应对大概就是这个样子了。"

木崎以冷淡的视线看着手中的文件。

麦丹劳幡之谷站前店的员工们——包括真奥与千穗在内,跟着木崎的声音一字一句地复诵,然后个个表情紧张地等待店长接下来的发言。

"虽然实际上阵还得再等一段日子,但我想早点把说明简介交给你们这些战斗主力。你们都要给我读懂读透。"

真奥表情严肃地看看木崎发下来的一叠A4文件。

"当然,你们也可以先到分店实习,那边会提供津贴支援。想去的人待会儿来找我。不过能申请的期间很短,想去的人要尽早。"

"是!"

"对了,还有一件事,虽然也不需现在就特地对你们说明……"

木崎像突然想起什么似的拍了拍那张说明,耸耸肩说道:

"对商品抱以诚挚的态度是理所当然的。我相信我的员工当中应该没有那种每次都要复读这份说明上的口号才能诚挚工作的菜鸟。那么,希望你们今天也能各自好好奋战。都回去工作吧!"

员工会议结束后,同事们各自走出员工休息间回到自己的工作岗位。在这段时间内,真奥重新翻阅那叠文件。

虽然真奥非常想参加木崎刚刚提到的分店实习,但遗憾的是,他还没考到摩托车驾照。

没有驾照,即使能参加实习也不能骑摩托车去送外卖,更何况在申请实习期间，真奥都没法来店里上班。

在费劲心思调整了排班表后，他总算能腾出几天时间亲征安特·伊苏拉。

尽管事后还得给幡之谷站前店的几乎全体同事回礼，不过真奥在日本时的工作表现还算认真，与职场同事们的关系也很融洽，因此才能勉强请这么多人给自己代班。

倘若他只是一个任性的人，根本不可能达成这件事。

"真奥哥……你没事吧？"

见真奥一脸严峻地看着资料，千穗有些担心地出声。

"嗯，我没事。只是想到没办法参加实习，还是有点难过。虽说驾照考试应该不会再考砸了，不过若是开始送外卖，就得直接正式上路了。"

"啊？嗯、嗯。"

千穗眨眨眼，似乎是对真奥的回答有些意外，接着又突然很明白似的露出微笑：

"太好了，真奥哥还是老样子。"

"啊？"

"我还以为你在为今晚的事情紧张。"

"啊啊，原来如此。"

真奥听懂千穗话中的含义，也跟着笑了出来。

等今晚打工结束后，真奥就会前往上野了。

也就是说，他将动身前往安特·伊苏拉。

另外，今天他是因为实在找不到人代班，再加上木崎说过今天要给员工做外卖业务的说明，才不得不来上班的。

"因为那边要做的事情很简单啊，就只是去接惠美他们回来而已。就算有什么阻碍，直接来硬的就是了。"

真奥一脸无奈的模样继续说道：

"但这边就不一样了。我看地图不是很在行，就算想赶在餐点冷掉之前送达，还得面对像红绿灯、限速以及二段式右转等等不能逾越的交通规则。"

"对真奥哥来说，或许真有点绑手绑脚呢。"

能在空中自由飞行的魔王，在日本居然得担心违反二段式右转的规定，千穗一想到这件事，便不自觉地露出微笑。

"惠美不也是觉得接听电话的工作挺辛苦的吗？老实说吧，真要遇到奇怪的客人，确实会让人觉得很麻烦，而且送外卖的摩托车还装了一个叫乌贼还是章鱼的（注：日语中的'转速计'与'章鱼'发音相近），那玩意儿会将资料传送到总公司的仪表，对吧？一想到有可能因为迷路而降低评价，内心就更加不安了。啊啊，我也好想去参加实习啊！"

"啊哈哈。"

看到真奥的反应，千穗觉得明明不用一起去的自己却在这里紧张个没完，实在有些愚蠢，于是忍不住笑出声来。

"这一点都不好笑。相比之下，想对他人为所欲为的状况就简单多了。人类社会真是到处都不方便呢。"

"那么，如果真奥哥将来以魔王的身份控制日本，会把这些规定全部废除吗？"

"小千，你真的明白自己在问些什么吗？"

"当然明白啊。"

千穗毫不害臊地回答道。真奥叹了口气，才说道：

"我接下来还得留下未解决的不安直接启程，你就稍微体谅我一下吧。"

然而千穗没有认输。

"因为我这次只能在这儿干等着啊。"

"嗯?"

"虽然真奥哥能跟平常一样,我已经很开心了。"

"呃……"

"但请你也让被留下来的我安心一下吧。"

千穗有些不满地噘着嘴。

"我希望你至少说点可靠的,例如'我绝对会平安归来',或是'我会带着游佐和芦屋回来'之类的。"

尽管知道千穗话里的意思,但不知为何,真奥脸上似乎有些不情愿:

"之前听漆原说过,说这种话就叫做'死亡Flag'(注:动漫用语,指登场人物只要说出某些对白或采取某些行动,就极有可能死亡),对吧?"

"说什么死亡啊……讨厌啦,真奥哥!"

这句只能以轻率来形容的回答令千穗露出不悦的表情,不过真奥依然不肯退让。

"电影里面不都这样演的吗?那种会对女主角说出帅气台词的家伙无论后来有没有死成,通常都无法照计划顺利进行下去。实际上,若随随便便对亲近的对象表示决心,就会陷入骑虎难下的状态,让自己没了退路,所以越是在重要的时候……小千,怎么了?"

真奥很认真地说明着,而几秒之前还一脸不悦的千穗不知为何突然笑容满面了。

"好啦!既然如此,那我就接受了!"

看到心情与表情瞬间转换的千穗,真奥疑惑不已。

可想而知,千穗的心情当然是因为"女主角"这个词才有所好转。

因为在这场戏里，冒险的主角无疑是真奥。

"对了！真奥哥，你都准备好了吗？"

"嗯？啊？准备什么？去安特·伊苏拉的准备已经都完成得差不多了。"

"不是啦！我是说给游佐小姐的礼物啦！"

"礼物？给惠美的？嗯……啊、啊啊！"

真奥认真搜索了一下记忆后，用力拍了一下手。

"我完全忘记了。"

"真是的……"

如果惠美按照计划回到日本，大家应该会替惠美和千穗举办联合生日派对。

想起这件事后，真奥才发现自己刚刚的失言。

"啊，不、不过小千的礼物……我可是认真想过的哦！"

原本就是准备给惠美和千穗两人过生日的，忘记给惠美准备礼物就等同于也忘了千穗的礼物。慌张的真奥连连说错话，但千穗似乎并不在意，还说了一句莫名其妙的话：

"请不用在意我，真奥哥已经给过我礼物了。"

真奥总觉得之前也听过类似的台词，正有些疑惑，不过幸好千穗并没有生气。

"虽然说这话不太妥当，不过我觉得就算我准备了礼物，惠美也不愿意收下。"

"没关系啦！或许游佐小姐不会收，但重要的是，真奥哥为她准备了东西的心意啊。游佐小姐应该也不会觉得讨厌。"

真奥完全无法理解准备一份对方不会收下的礼物有何意义，也不懂千穗为什么这么积极地试图提升惠美对他的印象。

第三章 魔王，心无杂念准备启程

"而且……游佐小姐现在一定是遇到非常不好的事情。就算她回到日本，也有可能解决不了所有问题。不过为了让游佐小姐在回来后能稍微打起一点精神，真奥哥还是为她准备礼物比较好！"

说着这些话的千穗眼神十分认真，不过真奥还是试着辩驳道：

"那你应该也预测到她对我这多余举动怒吼'谁要收下魔王的礼物'吧？"

"真奥哥！游佐小姐才不会这么说……呃，虽然不能说绝对不会……不过……"

千穗原本气到想反驳真奥那番冷淡的回答，但想到这个可能性并非为零，而且以惠美的性格来看，确实这种反应比较有可能出现，于是变得吞吞吐吐。

"唉……总之等惠美回来以后，无论我用什么方法都好，一定得让她打起精神，像以前那样啰唆，对吧？"

"没、没错！就是这样！"

千穗稍微前倾身体，摆出胜利姿势。

"然后呢？小千帮惠美准备了什么生日礼物？说来听听，我想当做参考。"

"你问我吗？我啊……"

千穗正一脸得意地打算说出自己的主意时——

"喂，你们两个还在干什么，该去工作了吧。"

两人迟迟不出来令店长感到些许不悦，于是重返员工休息间，露出几近恶鬼的表情说道。

"对、对不起，木崎小姐！"

"遵、遵命！"

137

不管怎么说，他们确实聊得太久了。做错事的真奥与千穗一同慌张地冲出员工休息间。

最近只要轮班的时段相同，两人就经常共同负责二楼的麦丹劳咖啡屋。

虽然这一切都多亏了他们去参加了麦丹劳咖啡师的资格研修，不过就在他们被木崎赶到二楼时——

"噗！"

真奥与千穗在看见占据了后排位子的客人，都忍不住大吃一惊。

"你们两个怎么了？"

"啊，没、没什么……"

"什么事也没有……"

怎么可能没事？

最里面的那张桌子，不仅坐着铃乃、天祢、亚西艾丝和梨香，连伤还没好的漆原都来了。

"我明明叫他们在公寓等我的。"

真奥走进柜台时以木崎听不见的声音嘟囔道，千穗则拿起杀过菌的抹布，开始擦拭没人坐的空桌。

等今天的打工结束后，真奥与铃乃就会从上野的西洋美术馆启程前往安特·伊苏拉。

梨香提出过想来送行，不过现在毕竟还是晚餐时段，而他们的出发时间定在深夜，这些人是打算在这里坐几小时啊。

与惠美和阿拉丝·拉姆斯一样，真奥和亚西艾丝彼此也必须保持一定的距离。

之前他们已经确认过从Wira·Rosa笹塚到麦丹劳幡之谷站前店之间这点距离没什么问题，所以为了集中精神工作，真奥特地将她留在家里。现在她跑来这里，不就会令他在意到无法专心工作了吗？

"话说回来，坐在那张桌子的客人们，是你的朋友吗？"

就在真奥总算将铃乃等人的事赶出大脑时，木崎刚好提起那些人的事情。

"那、那个……"

"镰月小姐和你的同居人……我记得那是漆原先生吧。还有那位头发很漂亮的少女，是你的亲戚吗？"

"咦，为什么……"

正当真奥想问"为什么会这么认为"时，又突然改变了想法。

"因为她跟小千、镰月小姐之前带来的那个亲戚家孩子长得很像啊。"

没错，在阿拉丝·拉姆斯还住在魔王城时，千穗和铃乃曾把阿拉丝·拉姆斯带来这里和真奥见过面。

阿拉丝·拉姆斯和亚西艾丝都是诞生于耶索德碎片的姐妹，在不知情的木崎看来，自然会认为亚西艾丝也是真奥的亲戚。

唯一不可思议的是，据说拥有小女孩外表的阿拉丝·拉姆斯是姐姐，而看起来比千穗略年幼一些的亚西艾丝居然是妹妹。

"大、大概是吧。"

"为什么回答得这么不干脆？另外两位是生面孔呢……"

天祢是第一次光顾，梨香之前造访这里时，不过当时木崎不在店里。

"我说，真奥啊。"

"在？"

"你是准备出一趟远门吗？"

"咦?"

"没必要这么惊讶吧。你会突然请假就够稀奇了,居然还推掉了那么多排班。小千似乎也有点静不下来。"

"这跟小千有什么关系?"

"如果觉得无关,那你就真是个彻头彻尾的笨蛋了。"

虽说原本也没打算蒙混过去,但被人这么单刀直入地询问,真奥也有点尴尬起来了。

"唉,我不会叫你带什么土特产回来,但要小心别受伤别生病啊。要是你有什么万一……"

木崎看向正在擦桌子的千穗的背影。

"另一个重要战斗力估计也会跟着变得派不上用场。这对我的店来说,可是极大的损失呢。"

"我会铭记在心。"

"喂,铃乃妹妹。"

"怎么了?"

"我比较有女人味吧?"

"这个嘛。"

"我觉得那位店长,压根儿不会在意这种事情谁输谁赢。"

漆原对摇着铃乃的天祢毫不留情地说道。

"喂喂,难不成,那位店长其实是个很厉害的人吧?"

梨香向漆原问道。

"啊?为什么这么问?"

"因为连身为魔王的真奥都自愿跟随她啊。所以,她该不会是什么大魔王,或者神明之类的人物吧?"

第三章
魔王，心无杂念准备启程

"木崎小姐跟我和铃木小姐一样，都是普通的日本人哦。"

千穗刚好在这时候拿着抹布走过来，并小声地这么说道。

"哟，千穗！"

"咦，是这样吗？不过在听说真奥是魔王，又看过亚西艾丝一下出现一下消失后，总觉得真奥像正常人一样乖乖打工才是一件很不可思议的事情。"

"唉，关于这部分，我到现在也都还搞不太清楚……"

铃乃喝着咖啡，同时附和梨香的疑问。

虽然真奥经常把自己没有魔力这件事挂在嘴边，其实他总是隐藏了最基本的魔力。

只要他利用那股力量，要以不正当手段获取大量金钱，或是操纵木崎给自己加薪，应该都不是难事。

这里姑且不论消耗魔力换得时薪提升这件事是否合理。

"那当然是因为真奥哥是个既认真又温柔的人……至少我是这么想的……"

千穗突然回头望向柜台。

此时的真奥正在接受木崎的指导，学习如何冲泡咖啡。

真奥和千穗都已经通过了公司规定的咖啡研修，但木崎泡咖啡的手艺可不是光靠一朝一夕的研修就能达成的。

自从开始负责麦丹劳咖啡屋的柜台后，真奥不时会接受木崎的指导，在工作闲暇时学习泡咖啡的技术。

"大概正因为是魔王，正因为曾经拥有非常强大的力量，才会在变成人类后，发现自己一个人能做的事情不多。"

"嗯？"

"铃乃小姐和游佐小姐听到这话说不定会生气，不过我觉得，就算真奥哥真的控制了安特·伊苏拉，最后他还是会平等地对待人类与恶魔。"

若是以前的铃乃，应该会立刻反驳千穗这番话吧。

然而现在的铃乃一动也不动，静待千穗继续说下去。

"为什么你会这么认为？"

反倒是漆原如此问道。

"因为我见到了卡缪先生。"

"卡缪？"

这出乎意料的名字让漆原感到惊讶。

真奥等人曾到天祢在铫子经营的海之家打散工，当时出现在铫子海边的黑色魔鸟战士，就是恶魔大尚书卡缪。

目前他正在魔界代理魔王的职务，统治撒旦不在的魔界，是一位对千穗也能以礼相待，心胸宽广的恶魔。

"真奥哥、芦屋哥和漆原的恶魔形态长得都不一样，卡缪先生的外表差异更是明显。而在那之后见到的法法雷路罗先生和科维库克先生，外表也完全不同……虽然不知道这样讲对不对……不过当时的我就在想……原来恶魔也有那么多人种啊……或着应该说，恶魔也分了很多个种族。"

千穗看着自己拿抹布的手。

"真奥哥是在魔界平定了那么多种族之后，才当上魔王的吧？那么等平定人类之后，他也一定会将人类纳入自己的控制。"

"这就难说了！至少我从没听说过那样的命令。"

漆原抬头，嘲弄似的看向千穗，但千穗的回答超出了他的预期。

"有哦，我想应该有才对。"

"啊？为什么你说得好像亲耳听过似的。"

漆原不悦地顶嘴，但千穗依然若无其事地回答：

"那一定是在漆原不知情的情况下实行了。"

"不可能啦!毕竟连芦屋也认为,我们是为了控制安特·伊苏拉的人类世界……"

"你看,果然是这样没错吧。"

"啊?"

"'控制'这个词的意思,就是将某个社会纳入自己手底下,对吧?"

"嗯?"

分属侵略方与被侵略方的漆原和铃乃依然听不懂千穗想表达的意思,只能面面相觑。

"当然,这并不代表安特·伊苏拉被魔王军控制会比较好哦。不过我觉得,真奥哥从一开始就没打算让人类灭亡……应该说,是没打算将人类赶尽杀绝。否则,一个突然沦为人类世界平民的恶魔之王,怎么可能那么尊敬人类,对人类那么温柔呢。"

"千穗,你的着眼点真是有趣呢。"

天祢佩服地道。

"恶魔能够将人类的悲伤、愤怒以及恐怖等情感转换成魔力,如果他们真的认为人类是微不足道的生物,应该会很残酷地践踏人类的世界。可是魔王撒旦仅仅让四名恶魔大元帅'控制'各个大陆,所以我才会这么想。真奥哥一定是个'国王'。如果一个人无法比其他人更了解每个国民力量的重要性,国王这个职位是无法胜任的。"

"国王啊……"

铃乃看向自己映照在咖啡杯中的脸。

"能看着好的一面活下去,应该会比较快乐吧。特别是身为王者的我,为了带领那些跟随自己的家伙走向更美好的方向,更要背负义务这么生存下去。"

当初去新宿的电器行购买电视时,真奥就对铃乃这么说过。

虽然当时铃乃没有将他的话放在心上——也不想放在心上,可即便不情愿,她还是得承认千穗的分析是正确的。

"不过这些都只是推测,而且我这样擅自揣测真奥哥的想法,也有点失礼了。"

"我完全听不懂千穗在说什么耶!"

亚西艾丝一个人贪婪地享用完整块芝士蛋糕,接着抬头看向千穗,得意地翘起大拇指。

对于彻底我行我素的亚西艾丝,千穗苦笑了一下后才接着说道:

"人的心有时会一次思考许多东西,或是自然地产生矛盾,对吧?所以我想,或许真奥并没有想得那么长远,他只是在不断投入眼前自己感兴趣的事情而已。"

"意思是真奥其实什么都没思考?"

"……"

跟不上话题也就算了,为什么亚西艾丝偏偏要这么解读呢?

"唉,反正生错时代与地方的家伙本来就多到数不清,现在该思考的应该不是那种复杂的问题吧?你们的东西都准备好了吗?"

无视制造混乱的亚西艾丝与一脸不满的漆原,天祢总结性地向铃乃询问道。

"经梨香小姐介绍,我去了一间在市区内经营的露营用品专卖店,请他们把大概需要的东西都准备好了。当我说全额由我来付时,魔王他……"

第三章
魔王，心无杂念准备启程

"啊，嗯，看见那一幕，我都要怀疑起真奥是否真的是魔王了。"

梨香也赞同地点头。

之前真奥和铃乃没能在堂吉·利·赫德将用品全部买齐，虽然按照千穗的提议去了市中心，但千穗本人其实也不知道哪里能买到露营用品。

于是他们试着碰运气地联络了刚下班的梨香，意外发现梨香居然知道很多这类店家。

梨香平常看起来也不像喜欢露营的人，于是就问她为什么会知道那么多店——

"因为杂志上之前在刊登过一段时间的'女子登山'特辑啊。"梨香似乎是因此而记下了那些卖露营用品的店家情报。

一行人在梨香的带领下抵达了专卖店，但真奥一直对购买必需品的预算面有难色，受不了的铃乃为了以万全的装备迎接旅程，便提议自掏腰包买下帐篷、睡袋、食物、燃料以及所有用具。

结果真奥听了，反倒焦急了起来。

"我、我可不是想当小白脸哦！"

最后，他们总算买齐了睡袋和帐篷，只是价格和功能都比铃乃原本想买的那种低了一个档次。

世界上居然会有个魔王连买露营用品都要逞强，真不知该说他有趣还是没用。一想到这点，铃乃和梨香就不自觉地露出苦笑。

"千穗大人，魔王今天要上班上到几点？"

"听说木崎小姐通融了，所以跟我一样，都是上到十点。啊，对不起，我也该回去工作了。"

发现自己闲聊太久的千穗打个招呼，赶紧回到柜台。

铃乃将空杯放到桌上，然后看向千穗的背影。

千穗、木崎和真奥正一边闲聊一边频频瞄向这里。从他们开朗的表情来看，千穗并没有因为跟铃乃等人聊太久而挨骂。

"怎么了，贝尔？"

漆原向漫不经心地看着真奥等人的铃乃问道。

"不，只是觉得仿佛安特·伊苏拉的趋势都在木崎店长的一念之间，觉得有点好笑。"

"嗯，说得也是。"

漆原似乎也明白这种感受，跟着用力地点点头。

"只是她本人不知情而已。跟真奥比也好，跟惠美比也好，在人类方面她算是前辈，堪称世界最强了。"

"果然如此！看真奥那么低声下气，我就觉得木崎应该很强！"

"亚西艾丝妹妹，我也一样哦！我姑且也算是真奥老弟的前雇主哦！"

"天姐不一样啦。"

"好过分！"

亚西艾丝冷淡打发了对木崎抱有莫名对抗心态的天祢，接着粗鲁地跪到椅子上，眺望真奥等人工作的样子，就在这时候——

"嗯？"

亚西艾丝发现一道矮小的人影正走上麦丹劳咖啡屋的楼梯。

"怎么了，亚西艾丝……"

梨香跟着亚西艾丝一同望向楼梯，但她发问的声音随后就

第三章
魔王，心无杂念准备启程

被盖过了——

"今晚我也来光临咯！"

一道声音震撼了所有人的耳朵。

"噗！"

"唔哇！"

"嗯嗯？"

"那是……"

这位还没现身就让自己的声音响彻麦丹劳咖啡屋的人物，令在场的人都产生不同的反应——铃乃大吃一惊，漆原皱起眉头，天祢一脸疑惑，梨香则是试着从记忆中搜寻那个人。

"那是……"

来人是一位身材与漆原差不多的男子。

尽管这男子个子不高，但五官端正，从他穿着的制服看来，明显是工作中偷溜出来的。

"我的女神……哎呀，叫错了！是木崎店长！本人猿江今晚也来了！"

没错，他正是麦丹劳幡之谷站前店对面的森德基幡之谷店的店长，曾与真奥和惠美等人敌对的大天使沙逆夜——猿江三月。

其实他是个对美女非常没有抵抗力的花花公子，在身为地球人的木崎真弓的店里贡献了大笔营业额后，还抛弃了自己在天界的地位与一切，就此定居在幡之谷。

之前他曾因为不当的言行，被木崎禁止进入麦丹劳，但在经过一些波折后终于获得木崎的原谅。虽然频率不像以前那么高，他还是会每两天就过来光顾一次，替这里的营业额带来许多贡献。

柜台里的千穗皱起眉头，真奥则是一副已经放弃的样子。

只有木崎露出相对善意的营销笑容站在柜台边。

"嗯？那家伙……我好像在哪里……"

唯有亚西艾丝还没从一开始的惊讶中恢复，毫不忌讳地从远处紧盯着沙逆夜的侧脸。

"……"

点完餐后，木崎便转身背对客席去泡咖啡。而沙逆夜趁这短暂的等候期间，不经意地转向铃乃等人的瞬间——

"嘎啊啊啊啊啊！"

无论铃乃、天祢，还是漆原、梨香，都没来得及阻止。

亚西艾丝刚从正面看见沙逆夜的脸，就以肉眼跟不上的速度从椅子那边直线跳向沙逆夜，并举起连大天使卡麦尔的铠甲都能粉碎的手臂。

"咦？"

沙逆夜见状，露出惊讶的表情。

木崎和现场的其他几位客人完全没注意到亚西艾丝的行动。她的动作如此迅速，且充满黑色的杀气。

"亚西艾丝！"

在没人来得及反应的当下，只有真奥以近乎脊髓反射的动作将右手伸向举起纤细手臂正准备攻击沙逆夜的亚西艾丝。

"真奥！"

亚西艾丝抗议地叫喊了一句，然后随着圣剑解除具象化时发出的紫色光芒一同消失了。

"嗯？怎么了？"

刚刚在麦丹劳咖啡屋瞬间蔓延的紧张气氛顿时消失得无影无踪，木崎将泡好的咖啡放到柜台，一转身便看见客人与员工

第三章 魔王，心无杂念准备启程

正板着脸仰望店内的天花板。

"猿江、真奥、小千，你们怎么了？"

就连看惯打斗场面的千穗、真奥和沙逆夜，一时之间都不晓得该如何收拾残局，亚西艾丝的动作与杀气就是散发着如此的魄力。

"没、没事……那个……"

首先开口的是沙逆夜。

他依次看向真奥、千穗，以及铃乃等人的桌子后——

"木崎店长，不好意思，刚才那些餐点可以全部帮我打包吗？"

"打包是可以啦……不过还真难得呢。"

平常的猿江在就座后还会继续追加餐点，所以木崎脸上有些意外。不过这毕竟是客人的要求，因此她还是顺从地将堂食改成外带。

"嗯，我突然想起店里还剩下一些工作必须处理……"

沙逆夜平静地说完后，快速瞥了铃乃与漆原一眼。

"那么我先告辞了。"

"怎么了，你该不会吃坏肚子了吧？"

沙逆夜以干脆到让木崎觉得诡异的态度离开店里。

真奥与千穗自然不敢说些什么，只能与木崎一起目送沙逆夜离开。

取而代之的是——

"那么，我们也该回去了。"

客席里传来铃乃刻意的声音。

铃乃、漆原、梨香和天祢纷纷起身，归还餐盘。

"不好意思，在这儿待了这么久。"

"我吃饱了。"

"谢、谢谢。"

"我不会认输的。"

众人各自与木崎打了声招呼后,便走下楼梯。

"谢、谢谢惠顾……嗯?"

木崎难得没能流畅地对离开店里的客人致意。

不过她的结巴并不是因为认识对方,也不是因为当中掺了一句不晓得算不算招呼的话。

"感觉……好像少了一个人……"

"啊,她、她刚才先到楼下的洗手间去了!"

"哦,是吗?那大概是我看漏了。"

也不晓得木崎是否接受了千穗的说辞,客人不寻常举动确实让她纳闷了一下,不过之后像是想到什么似的说道:

"呃,真奥、小千,我下楼一趟。"

"啊?好、好的。"

"怎么了?"

"猿江回去得那么干脆,感觉有点不对劲,我去检查一下一楼的防盗摄像机。"

"啊……好的。"

可以确定,即使解除了沙逆夜的出入禁令,木崎还是没有完全信任他。

待木崎下楼确认沙逆夜没在一楼对客人做出搭讪之类的添乱行为后,真奥和千穗总算松了口气。

"刚、刚才那是怎么回事,亚西艾丝妹妹突然……"

"我也不是很清楚,大概是因为看见了沙逆夜的脸吧……啊——吵死了!"

第三章 魔王，心无杂念准备启程

看来亚西艾丝应该正在真奥的脑中激烈地抗议着。

不过要是真奥没阻止，亚西艾丝应该会直接用那能够粉碎卡麦尔铠甲的力量，攻击沙逆夜的血肉之躯吧。

先不说沙逆夜自身的安危，要是在店里发生那种冲突事件，真不晓得会对周围带来什么样的危害。一想到这点，两人便止不住颤抖。

"亚西艾丝也好，阿拉丝·拉姆斯也好，她们都对天使抱持着异常的敌意。只不过亚西艾丝比阿拉丝·拉姆斯多了多余的行动力……"

"可是伊尔恩弟弟就那么冷静。"

"唉，关于这部分，只能祈祷铃乃他们从沙逆夜那里问出点什么……啊——真的是吵死了！"

这一阵阵即使捂住耳朵也抵御不住的抗议呐喊，真奥真心感到疲累。

如今真奥已经能深刻体会当初因为阿拉丝·拉姆斯不断在脑中夜哭，而勉强同意让小女孩出入魔王城的惠美有多苦恼了。

铃乃等人走到店外便发现沙逆夜提着外带的袋子，表情微妙地在外面等待。

"……"

"你看起来意外地冷静呢。本以为你会更慌张一点。"

"哼，惊讶归惊讶，我才不会因此就乱了阵脚。"

沙逆夜不屑地瞪向漆原。

"那就是之前提到的孩子吗？和艾米莉娅融合的那个……"

沙逆夜说的应该是阿拉丝·拉姆斯吧。

"也难怪你会这么想，毕竟她们长得很像。不过你猜错了，虽然她们好像的确是同质的。"

"嗯？因为是碎片吗？"

"就算你问我，我也回答不了。"

漆原摇摇头，回答了沙逆夜的问题。

"你应该知道吧。你们是如何处理生命之树的，我完全不知情。早在你们动手做那件事情之前，我就离开天界了。"

"嗯，说得也是……"

"喂、喂，铃乃，我记得那个人是对面森德基的……"

梨香看着一脸严肃地和漆原对话的沙逆夜，向铃乃问道。

"嗯，这么说来，梨香大人之前也见过他。没错，这家伙在日本的身份是森德基店的店长猿江三月，实际上是来自安特·伊苏拉天界的大天使，沙逆夜大人。"

"这个镇子到底是怎么回事啊？难不成神话世界里正在流行打工？"

或许是已经逐渐适应这样的状况了，即使亲眼见识到脱离常轨的事实，梨香也只是露出一个放弃挣扎的表情。

"原来如此啊。这下我总算知道前阵子刮大风时，加百列为什么到这儿来了。"

"呃？"

不只是铃乃和漆原，梨香也被沙逆夜这句话吓了一跳。

"既然他是大天使，那就表示，他也是那个加百列的同伴咯？"

"嗯？话说，这位是……啊啊，是之前和艾米莉娅一起来我们店里的……"

"住口！别在我面前提到那天的事情！"

第三章
魔王，心无杂念准备启程

在数月之前，梨香曾与沙逆夜见过一面。

正是那天发生的事情，让梨香在知道安特·伊苏拉的真相后，造成了沉重的心灵创伤。

"虽然我不是很清楚状况，不过，你也像那个佐佐木千穗一样，开始介入这边的事情吗？"

"我、我又不是自愿的！这、这都要怪你的同伴擅自把我……"

"你是说加百列吗？那家伙到底做了什么事情？"

"您不知道吗？"

沙逆夜摇头回答铃乃的问题。

"不知道。他带了一群人想把我带回去，我稍微抵抗了一下，结果搞到那一天店里整天无法营业呢。"

沙逆夜厌烦似的回头看向自己的店面。

"他们打破玻璃，弄倒桌椅，给客人添了麻烦，所以我也难得认真地反击了一下。就算是加百列，碰上我的次元传送结界和堕落之邪眼光，还是无法全身而退。稍微施威了一下后，他们就很干脆地回去了。不过之后我还要一个个地修改客人和员工的记忆，费了不少功夫呢。"

"哦、哦……"

"沙逆夜……你这番话怎么和真奥的那么像啊？"

曾经与真奥和惠美为敌的沙逆夜，居然像真奥那样重视森德基这份工作，这让铃乃和漆原心里忍不住产生一股异样感。

刚来到日本时，沙逆夜应该只把森德基的工作当做掩饰身份的手段。

"路西菲尔，我倒是想反问你一件事。"

"什么事？"

"当初你为何要离开天界？"

"之前似乎也被人问过相同的问题，只不过是因为无聊而已。"

"如果是放到现在，感觉有点能体会你的心情。"

"什么意思？"

之前完全没参与谈话的天祢难得一脸认真地向沙逆夜问道。

尽管对初次见面的天祢提出的问题有些惊讶，不过沙逆夜还是很坦率地接着说明：

"我在天界时从来没想过这种事，不过自从开始在这个城镇里工作，邂逅了我的女神木崎真弓后……我第一次产生了想为自己以外的某个人努力的念头。而且那种想法也没有我以为的那么讨厌。"

"啊，这部分就跟我不太一样了，唔嗯……"

铃乃从旁制止还想说些什么的漆原。

"为了别人而努力，换来感谢。对我来说，这是前所未有的经验。贝尔，或许这一点会对你造成打击。"

"不，我早就跨越那个阶段了。"

只有大法神教会的虔诚信徒，才能理解沙逆夜话中的意思。

换句话说，那些自称"天使"的家伙过去根本没为人类世界做过什么事情。而且，他们对圣典或教会献上的祈祷，也完全没有传达到天界。

"我已经不想再回到那个将'天界安宁'摆在最优先，只在乎如何保身的世界了。当然我也不想被卷入战争。我现在唯一关心的，只有如何获得木崎真弓的认同，还有自己能否参与她的人生。如果在这时候跟加百列一起走，那我至今所做的事

情就全白费了。"

话题中的木崎本人正觉得沙逆夜行动有异,忙着查看店铺一楼的防盗摄像机,但有些事情当事人还是不知道的比较好。

"所以,无论你们有什么打算,我都不打算去帮忙或阻挠。我只想朝我和木崎真弓的未来迈进。"

"有种普通级别的恶心感。"

天祢这毫不留情的一句话并未传到沙逆夜的耳里。

"我不会去关心平常分开行动的路西菲尔和贝尔这会儿为什么聚在一起,这两位知道安特·伊苏拉的美丽女子倒是让我有点在意,但我还是不会放在心上。"

"搞到最后,你还是会在意的嘛。"

连漆原都不得不吐槽了。

"无视美丽的女子,这对我来说才真叫岂有此理。"

能说出如此回应的沙逆夜也算是相当了不起了。

"再来就是刚才那位耶索德碎片的少女……唉,想想我们之前所做的那些事情,也难怪她看到我后会有那样的举动。"

"没错,问题就在这里。"

"嗯?路西菲尔,怎么了?"

"我就是搞不懂这一点。你们之前到底做了什么?阿拉丝·拉姆斯和那个女孩都非常地讨厌加百列。真要说的话,应该是讨厌所有天使。在我离开之后,你们究竟对生命之树做了什么坏事?"

漆原的这个问题,与阿拉丝·拉姆斯、亚西艾丝·安拉,以及伊尔恩的存在根底有着密切的关联。

明明对人类、恶魔以及像漆原这样的堕天使不抱任何警戒心,却在面对天使时表现出非比寻常的敌意。

"虽然我既不是生命之树的守护天使,也并不是站在一个会直接对生命之树做些什么的立场……不过我可以告诉你天界是基于何种目的对生命之树下手的。"

沙逆夜像是说累了似的,靠在人行道的街边树上,然后以平稳的表情抬头说道:

"他们想阻碍真正的神在安特·伊苏拉诞生。说得极端一点,就只是这样而已。"

无论漆原还是铃乃,仅凭这句话还是无法理解沙逆夜的意思,更别说梨香了。

只有天祢例外。

"居然在想这种蠢事。"

她以看似无法忍受,又让人觉得有点慈祥的笑容接着说道:

"虽然我不知道你们是从哪里来的,不过你真的以为人类有办法抵抗自然的威猛吗?"

"嗯?"

这句话让沙逆夜对天祢投以疑惑的眼神。

铃乃与漆原也对天祢的话感到困惑。

从刚才那些话里,可以明显看出沙逆夜是来自安特·伊苏拉的,或至少是来自天界……

"不对,就是因为你们这么想才会做出那种事情。你们那棵生命之树,还真是造出些罪孽深重的生物呢。"

"你是谁……"

"我是谁不重要。只不过那个叫安特·伊苏拉的地方接下来就够呛了。现在已经开始出现反动,连我也无法预测接下来事情会如何发展。"

"无论那里会发生什么事情,我都不打算回去。"

第三章
魔王，心无杂念准备启程

沙逆夜以沉重的语气说完，便离开行道树，转身离去。

"沙逆夜大人！"

铃乃对那道离开的背影呼喊，沙逆夜却只是嫌麻烦似的扬起手说道：

"我说过了，现在的我既没有立场协助你们，也不想费心思和你们为敌。此外，我也不打算再给你们提供什么情报或帮助。之前那件事，算是例外中的例外吧。"

之前那件事，应该是指协助千穗进行法术修行的事情吧。

明明先前才被有机会与木崎和好的事钓上钩，还露出一副愚蠢至极的表情，宛如幼年企鹅对夏天的来临感到喜悦那般，但这位气焰嚣张的大天使紧接着又说出了令人意外的话：

"不过我已经做好准备，若木崎真弓有什么危险，我会赌上性命保护她。虽然我不知道你们打算做什么，但待会儿麻烦你们替我转告魔王：无论发生什么事，我都会保护我的女神木崎真弓，以及她所爱的麦丹劳幡之谷站前店与店里的员工。这条商店街，我会好好守护的。"

"梨香妹妹，你觉得那种型怎么样？"

"有点难判断啊。虽然之前交谈过一次，有种很遗憾的感觉。"

目送着沙逆夜走回自己的店里后，天祢随口向梨香问道，而后者也认真地做出了回应。

"嗯，铃木梨香，你回答得很正确。"

漆原也替这个判断打了包票。

"不过可以确定他对木崎店长是认真的，至少这点应该能相信吧？沙逆夜对上天使与人类时，几乎是无敌。而现在会攻击这里的恶魔，顶多也只有马纳勃郎西族那些吧？这样的对手还不至于让沙逆夜陷入苦战。"

"虽然我有点怀疑沙逆夜大人究竟剩下多少圣法气……不过这也算是出乎意料的收获了。"

沙逆夜已经明言，会守护麦丹劳幡之谷站前店的员工。

加上还有天祢在，如今木崎与千穗上班时的安全，算是可以放心了。

而最为这件事情高兴的，莫过于漆原了——万一真有个什么状况，他似乎也不需要辛苦劳作了。

"刚刚我们就那样溜了出来，接下来该怎么办？"

梨香的问题令铃乃回头看了一眼麦丹劳。

"也只能等魔王他们下班了。我们先回去一趟，再挑个适当的时间去上野做准备吧……天祢大人，不好意思，我想麻烦您骑着魔王的摩托车到上野去。"

"我是无所谓啦，不过为什么？"

"当然是因为……"

铃乃不悦地抬头看向麦丹劳二楼。

"那个笨蛋魔王之前没考上驾照啊。如果让他骑车，万一在路上遇到临检，会因无照驾驶被逮捕呢。以魔王那家伙的脾性，就算叫他自己骑过去也绝对不会乖乖照办的吧。他一定会说些什么被抓到的话就会丢饭碗啦，或是被罚款的话会挨艾尔西尔骂之类的。"

"喂，虽然事到如今才这么问也有点怪……不过真奥他……真的是魔王吗？那个恶魔之王？"

以梨香的角度来看，不管是魔王担心自己无照驾驶被捕，还是自称圣职者的铃乃替他担心这个担心那个,两件事听起来都感觉怪怪的。

"没错。"

铃乃以打从心底感到厌烦的语气说道:

"那个遵纪守法、敬重人类、热爱工作,并替身为敌人的艾米莉娅担心的男人,正是侵略安特·伊苏拉的恶魔之王。正因如此,我和艾米莉娅也很困扰啊。"

这句话里面也包含了梨香无法想象的复杂感情。

※

深夜一点,在台东区的上野恩赐公园。

平时在这个时段里,人们是不被允许进入国立西洋美术馆的。

不过此时,在铺满磁砖的前庭,有两个人正一面担心着巡逻的保安和监视摄像机,一面推着两辆载满露营用品、附车篷的摩托车。

"没、没问题吧?有没有被人看见?"

"我说,你真的是魔王吗?"

真奥的紧张连梨香这句已数不清是第几次的吐槽都无法缓和了。

"因为这摆明了是非法入侵啊。而且明明都这个时候了,公园里居然还会有人……"

"毕竟这条街上有很多酒店啊,附近也有很多通宵营业的店。"

"喂,铃乃,动作快点!我们快点出发啦,快快快!你想想看，万一小千他们被人看见不是很不妙吗？"

"真奥老弟，我说你啊。"

令人意外的是，对极度在意他人视线的真奥提出劝谏的人居然是是天祢。

"这好歹也是魔王光荣回归的一刻吧？你难道就没办法表现得更果决一点吧？"

"如果因为逞强而被捕，那才是本末倒置吧！可恶，就算是去安特·伊苏拉，我还是希望能等考到驾照之后再去啊……"

"真是的，你的气度也未免太小了吧。如果有个什么万一，我会替你想办法。振作一点啦！这样下去，千穗妹妹可是会抛弃你的哦。"

"咦？我、我才不会因此就……那个……"

"拜托，我很困啊。自从受伤后，我就不太能熬夜了。贝尔，快点开始啦！"

"真是的，怎么个个都这样。"

到头来，接下来最需要出力的铃乃反而看起来最没力，这一趟出发竟然会如此缺乏紧张感。

"不好意思，各位，请你们安静一下。我要集中精神开启'传送门'。"

在让大家安静后，铃乃无视了上面写着"再往前是防震台，请勿攀登"的注意事项，依然毫不犹豫地踏上设置门的台座。

有件事情让铃乃感到不安。

这座地狱之门是以某个脍炙人口的作品为蓝本制作而成，是一个涵盖了伟大历史的雕塑。

不过这跟能否充当"传送门"的增幅器来使用完全是两码事。真要说的话，他们之所以认为地狱之门能当成"门"使用，

只不是出于真奥和芦屋的推测罢了。

"……"

耸立在铃乃面前的巨大门扉,是奥古斯特·罗丹制作的铜像——"地狱之门"。

这扇门由同样出自罗丹之手的"亚当像"和"夏娃像"守护着,是在叙事诗《神曲》第三篇地狱篇中登场的地狱入口。

在《神曲》中,地狱之门的铭文为"跨越此门者,舍弃一切希望吧"。

"舍弃希望吗?"

"铃乃小姐,怎么了?"

"我想起了一些往事。没想到居然有一天会跟魔王一起体会这句话呢。"

千穗的问题让铃乃不自觉地笑了起来。

"感觉似乎能行。"

铃乃从和服袖子里拿出圣维生素β,一口气喝下。

"我们打从一开始就没抱什么希望。"

铃乃缓缓走向那扇门,抬头仰望。

那里有一尊俯视通过地狱之门者的男性坐像,正笔直地承受铃乃的视线。

罗丹的代表作"思想者",就是来自这尊坐像。它是这扇门的一部分,也代表了《神曲》的作者兼主角,但丁·阿利盖利本人。

铃乃真挚地朝坐像行了一礼,接着深吸一口气,对着门伸出双手。

"连接生命与时间的神圣灵魂啊,在星辰的彼岸寻找现世。"

铃乃的口中吐出与日语完全不同的语言。

随着一个接一个的音节,铃乃的指尖开始逐渐朝地狱之门放出光的粒子。

"好、好厉害……"

千穗忍不住对铃乃的身影发出惊叹。

千穗自己也学会了法术,所以她才能感觉到铃乃圣法气的强大,也感受到这个法术所需要的技术和圣法气量有多么庞大。

即使有一百个千穗,也比不上铃乃的圣法气量。

"感、感觉好像真的魔法哦……这、这不是CG吧?"

难怪就连看过武身铁光和亚西艾丝的现身与消失的梨香,都忍不住来回看向铃乃的手与门,还不时揉着自己的眼睛。

光的粒子逐渐增加密度到化为两条光带,然后不再局限于铃乃的指尖上,开始在她身体周围盘旋。

"嗯,真奇怪。"

铃乃的和服飘了起来,天祢的自言自语和周围树木的骚动声混杂在一起,却没能传入任何人的耳中。

所有人都将视线集中在铃乃身上,因此没人发现天祢的脚边开始冒出薄雾,包围了"地狱之门"周边。

就在这段时间内,在铃乃周围盘旋的光带开始浮现类似文字的图案。

"唔……唔唔……还差,一点点……"

就在光带浮现出文字的同时,铃乃的脸上明显流露出痛苦的神色。

虽然千穗有股冲动想去帮忙,但此时此刻,若干扰了铃乃集中精力,术式肯定会瞬间烟消云散。

这是"概念传送"完全无法比拟的巨大法术。

"好、好像要打开了!"

第三章
魔王，心无杂念准备启程

就在这个时候，真奥看着门发出了欢呼。

"地狱之门"本身终究只是雕刻作品，无法真的像门那样开关。

但此时门的边缘居然发出光芒，空间也跟着开始扭曲了。

"没、没问题吧？"

然而漆原在看见那道光芒后，语带不安地说道。

那道扭曲看起来好像要打开，又好像不是。

空间像是被什么东西抓住般，每次快打开时又猛地被关上。

"只要一打开……就能稳定……下来……"

铃乃依旧一脸痛苦，接着突然抬起头。

门上的男子静静地俯视这位异界的圣职者。

他不想让圣职者打开"地狱之门"吗？

不对，唯有克丽丝蒂娅·贝尔，唯有这名曾被称作死神镰刀的女子，才能与这"地狱之门"相配。

铃乃更加用力地吸了一口气，朝门踏出一步。

"不抱……希望……向前……迈步！"

"唯有开拓者……才能存活！"

随着这道声音，环绕铃乃的光带一口气收缩，并激烈地撞上从她娇小的手中放出的空间，然后开始扭曲。

"打、打开了，打开了！我打开'门'了！"

铃乃满脸的汗水透露出这个术式的艰难。

此时的铃乃已经没有余力说日语了，但她还是握紧拳头，为"传送门"的成功开启呐喊道：

"走、走吧，魔王！现在还算安定，但我也成不了太久！你确定自己已经跟亚西艾丝融合了吗？"

"嗯、嗯！"

铃乃迅速跨上摩托车，真奥也赶紧跟着做了。

戴好安全帽后，两人握住车头，启动引擎。

"真奥哥！铃乃小姐！亚西艾丝！"

千穗对跨上车子准备启程前往异世界的同伴们喊道：

"之后的事情就交给我，你们路上一定要小心！"

"嗯！"

"我们出发咯！"

无需再多的话语，无论铃乃、真奥，以及没有现身的亚西艾丝去到哪里，现在他们的归属都将是位于日本笹塚那栋约六帖榻榻米的木造公寓。

两部引擎高声咆哮，真奥与铃乃骑着摩托车，笔直地朝被光芒笼罩的空间裂缝前进，然后——

"消、消失了……"

梨香惊讶地喃喃自语。

仿佛魔术一样，真奥与铃乃一碰到出现在"地狱之门"前方的空间裂缝，便瞬间连人带车无声地消失了。

最后，现场只剩下露出神奇光芒的空间裂缝。

"路上小心。"

千穗再度低喃道。

镶有耶索德碎片的戒指在她手上散发出淡淡的光辉。

"接下来该怎么办？"

或许是对重新目睹的异世界神秘感到困惑，梨香仓皇失措地来回看着"门"与千穗。

"我们只需等待。因为真奥哥和铃乃小姐，绝对会把游佐小姐、阿拉丝·拉姆斯和芦屋哥带回来的。"

与梨香不同，千穗的语气充满了坚信。

千穗那过于坚定的话语,让梨香顿时无言。

"可、可是……"

"啊,当然不是只有干等而已。总之我决定了,下次打工时,我要拜托木崎小姐帮忙,向提供外卖服务的分店申请实习。"

"咦?"

刚刚才在眼前发生的光景与千穗发言之间的落差令梨香发出一个呆愣的声音。为什么这时候会提起打工实习的话题?

"因为真奥哥说他想参加实习。"

千穗若无其事地回答。

"我要参加实习,然后等真奥哥回来后,再把我学到的东西都告诉他。这么一来,应该多少能减轻真奥哥投入新工作时的负担吧。"

"我刚才好像见识到真正的'贤内助'了。"

千穗的决心让天祢露出一个钦佩的笑容。

"这没什么。大家都是为了同伴,做着自己现在力所能及的事情。这才叫做团队合作啊。"

"我、我……"

千穗那过于大胆的发言,让比她年长许多的梨香有些惊慌失措——

"毕竟梨香妹妹和千穗妹妹不同,还只是个初学者呢,现在还是先模拟一下游佐回来时的状况,做好能完全接受她的准备吧。"

天祢难得能像个长辈般,对梨香提出忠告。

"做好……接受她的……准备。"

"那么,我就回去睡觉算了。"

在这种时候,漆原还是不改自己的风格。

"啊,喂、喂,那个扭曲……"

梨香此时所指的方向,即铃乃刚刚打开的"门"开始逐渐缩小,没过多久便完全消失了。

最后那里只剩下庄严肃穆的"地狱之门"雕塑。

门本身并没有什么变化,真奥与铃乃留下的痕迹,也只有一开始摩托车起跑冲刺时的胎痕。

"那么,大家回去吧。幸好没被任何人看见。"

天祢刻意开朗地说道,从她脚边散发出来的雾气已经消散,上野恩赐公园重新回到了深夜时段该有的宁静。

"话说回来,佐佐木千穗,你这个时候还待在外面没关系吗?"

漆原看了一眼公园的时钟,现在已经过了凌晨一点三十分。

在这个时间,就算是大人独自出来散步,也可能会被警察盘查。

"我家没关系的。因为我跟家人说今天要住铃乃小姐家。"

"咦,你不回去?贝尔的房间现在不是天祢小姐在住吗?"

漆原讶异地睁大眼睛,不知道在想什么的千穗笔直地看向天祢。

"啊,漆原可以留在房间里哦,不用在意我们。"

"被人认定我之后会一直偷懒下去,这感觉相当不爽。"

漆原明显表现出不悦,千穗依然不为所动。

"我不是那个意思,不过这件事就连真奥哥也不行。必须趁真奥哥、游佐小姐和铃乃小姐现在都不在的时候才能做。可以的话,我希望漆原能像平常那样足不出户,窝在真奥哥房间里当家里……不不,是休养。"

"那是什么意思……还有你刚才是想说让我当家里蹲,对吧？"

漆原一脸疑惑，听不懂千穂在说什么，但千穂不予理会，直接转向天祢。

"天祢小姐。"

"怎么了，千穂妹妹？一脸严肃的表情。"

"凡是公寓那位房东小姐没说的事情，都不能告诉真奥哥他们，对吧？"

天祢以高出一颗头的高度俯视千穂的眼睛，接着露出似乎觉得有点有趣的无畏笑容。

"如果说，只告诉我一个人呢？"

"虽然我不知道你想问什么，不过为什么你会觉得我可以告诉你呢？"

这是天祢对千穂唯一的"考验"。

千穂毫不犹豫地说出了正确答案。

"因为我是地球的人类。"

"真服了你。"

天祢搔着脑袋并皱起眉头——

"这下可不只是什么贤内助的问题了。我本来还以为这女孩只是有点胆识的普通人……"

但她的表情看起来是由衷感到愉快的。

"没想到居然还是个远远超越真奥老弟和游佐妹妹的真正怪物。"

这场彼岸与此岸的人类对话被门上的但丁默默地关注着，同时关注着的，还有正好坐在"地狱之门"对面的另一位沉默的但丁。

惠美做了一个梦。

她在梦里慌张地清醒了。时钟显示为早上八点,完全睡过头了。

惠美慌慌张张地跳下床准备去上班,却不小心踢飞了放在床上的闹钟,脚趾前端传来的沉重疼痛让她痛得忍不住蹲下。

"惠美,你怎么了?"

一抬头,就见坐在隔壁的梨香正探头看向惠美的位置。

身穿制服的惠美从桌子底下探出身子,不好意思地笑道:

"我的原子笔掉进隔板和地板之间,老是拿不到。"

"这样啊。话说回来,我昨天找到一家还不错的拉面店,中午要不要一起去?"

"好啊。我们好久没一起吃饭了……啊,抱歉,梨香,我的电话响了……喂,您好。"

"你好,游佐小姐!"

电话的另一端是千穗。惠美穿着便服坐在家里的沙发上,听着千穗说话。

她每个星期都会跟千穗通几次电话,打听真奥的工作状况顺便闲聊一番。

虽然真奥的形象被那位恋爱中的少女渲染了几分,不过托千穗的福,惠美也大幅缩短了必须严密监视真奥的时间。

千穗很清楚惠美的状况,继续视她为朋友。

"游佐小姐,不好意思,我明天必须去社团处理一些事情,所以没办法去真奥哥家吃晚餐了。"

"这样啊。真遗憾,但既然是学校的事那也没办法了。不

过如果你妈妈不介意,晚一点再过来也可以哦。嗯,如果你到时能来再跟我联络吧。好,好……贝尔,千穗说她今天可能来不了了。"

讲完电话的惠美在不知不觉中已站在Wira·Rosa笹塚202号室里,与在厨房辛勤工作的铃乃聊着天。

"是吗?真遗憾。我今天还挑战了千穗大人教的蛋包饭,本来想让她尝尝看的。"

铃乃语带惋惜地说着,随即打开冰箱。

"哎呀。"

"怎么了?"

"我太粗心了……居然忘了买番茄酱。"

"就这点小事,我帮你去买吧?呃,我记得番茄酱……"

惠美一抬头转身,已经身处笹塚站前的塞夫超市里,忙着寻找铃乃需要的东西。

"艾尔西尔,路西菲尔,你们拿那么多蛋干什么?"

结果偏偏在超市遇见了芦屋和漆原。

"我想试着做一下佐佐木小姐之前教过我的法式咸派。"

"超市在打特价,所以我也被抓来了……唉,真是麻烦。话说,你在这里干什么?"

"贝尔托我来买东西。对了,千穗说她今天可能没办法过来。"

"真的吗?唔……这样我到底该请谁来评分呢……"

"佐佐木千穗不会来啊。那今天就没炸鸡块吃了。啧。"

没想到连他们几个也受到了千穗的影响,看来今天的晚餐会变成"全蛋席"了。

恶魔们在知道千穗这天会缺席后都深受打击,惠美和他们并肩从超市走回家——

"不过没关系。阿拉丝·拉姆斯也喜欢吃蛋。是吧,阿拉丝·拉姆斯。"

她朝忙着摆动双脚的阿拉丝·拉姆斯出声问道。

"妈妈,我想早点见到爸爸!"

"好好好,就快见到了。"

回过神来时,一行人已经抵达Wira·Rosa笹塚的公共楼梯,惠美抱起阿拉丝·拉姆斯,爬上这条改建后依然让她走得胆战心惊的公共楼梯。打开公共走廊的门,就是魔王城的玄关了。

充当门牌的木板上用马克笔写着"MAOU"的字样,上面已经沾上了不少脏污。惠美想着:怎么不干脆换一个啊?

"魔王,你在家吧,我进来咯。"

一切都跟平常一样。

就在惠美像平常一样按下门铃,打开大门后——

"咦?"

她发现房间里空无一人。

不仅如此,所有家电和家具也都消失得无影无踪,房间里甚至找不到有人待过的痕迹。

"艾尔西尔、路西菲尔,魔王去哪里了……艾尔西尔、路西菲尔?"

刚刚还在身边的两人也不见了踪影,是在回家的路上走丢了吗?

惠美赶紧跑去敲隔壁房间的门。

"贝尔?喂,贝尔?魔王不见了,你知道他上哪儿……"

不过刚才铃乃还在煮饭的202号室也同样人去楼空。

"咦,怎、怎么回事?等、等等……"

第四章
魔王，今昔物语

惠美慌忙拿出手机，打电话给千穗。

这个时间学校应该已经放学了，可是——

"您拨的号码是空号，请查明后再拨……"

电话打不通。不仅如此，连千穗的电话号码都是不存在的。

她改为打电话给梨香、铃乃，甚至是漆原的电脑，都没有人接听。

惠美突然感到极度不安，再度冲回魔王城，试图打开大门。

但是她打不开门。

明明刚才很轻松就打开了，如今无论惠美用推的还是拉的，都无法开启201室的门。

"魔王，你在家的吧？快把门打开！"

惠美边叫边拼命地敲打201号室的门，不过里面毫无反应。

"你这是什么意思！老实点把门打开！喂，到底怎么了？你没事吧？"

不安仿佛无视了惠美的意愿，持续地增长着。

这到底是怎么回事？千穗、梨香、铃乃、芦屋、漆原，都消失了。

该不会真奥也发生什么事了吧？

"大家都不见了，你知道发生什么事了吗？拜托你，快开门啊。到底怎么了？你回来了吧？不得了了，听我说啊！魔王！"

就在这时，一直毫无反应的门把突然转动起来，门被人从内侧打开了，惠美也因而跌进室内。

她慌张地抬头一看，不禁倒抽了一口气。

"啊？"

这里是魔王城。

位于安特·伊苏拉中央大陆，恶魔居住的城堡。

这里就是惠美与魔王展开决战，而且只差一步就能用圣剑贯穿魔王心脏的大厅。

一个看不清楚外貌的巨大黑影阻挡在跟前。

那巨大黑影提着一把与惠美的圣剑造型完全相同的剑，缓缓地靠近。

惠美下意识地想以圣剑摆出架式。但不知为何，刚才还抱在怀里的阿拉丝·拉姆斯居然不见了。

"进化圣剑·片翼"也没有现形。

惠美开始急了。

这个黑影，毫无疑问是魔王。

是那个她必须杀掉的魔王。

然而不知为何，惠美还是打从心底感到自己松了口气。

"太好了……原来你在这里。在的话……就应一声嘛。"

黑影那深不可测的杀气令人畏惧，但惠美还是继续说道：

"我打不通千穗的电话……贝尔的也是，明明叫我去帮她买东西，自己却不知道跑去哪里。还有，艾尔西尔和路西菲尔明明回程时还跟我走在一起，结果不知什么时候都不见了……你不觉得他们很没礼貌吗？"

黑影默不作声地拿着圣剑，逐渐靠近惠美。

"我才稍微移开一会儿视线，阿拉丝·拉姆斯也失去了踪影……要是连你都不见了……我真不晓得该怎么办才好，他们到底跑去哪里了？"

摇曳的黑影走到惠美正面，俯视惠美的表情。

来到这么近的距离，惠美依然看不见对方的脸。

"喂，千穗说她今天不会来……不过贝尔和艾尔西尔好像

都莫名地有干劲,不如大家一起等千穗怎么样?我、我怎么样都无所谓啦,只是觉得那样阿拉丝·拉姆斯会比较高兴……"

黑影挥下圣剑。

圣剑的刀刃划出紫色的光之轨迹,反射了从窗户射进来的红色光芒,影子的脸孔从黑暗中浮现出来。

"所以我想说……"

不知为何,真奥贞夫从黑暗中浮现的脸带着温柔的笑容。

"大家……找时间再一起吃个饭吧……"

"唔!"

惠美被自己的声音惊醒,从床上跳了下来。

她浑身是汗,但还是不由得先摸了摸自己的胸口。

"那是……怎么回事?"

她心跳激动不已,呼吸也变得紊乱。

在梦中,惠美被有着真奥脸孔的黑影,用发出紫色光芒的圣剑贯穿了胸口。在那一瞬间,她就醒了过来。

那场仿佛真实的梦,既恐怖又具备梦境特有的疼痛。

不过那场梦也同时为她带来胜过这一切的安详。

梦里有她、梨香、千穗、铃乃、芦屋、漆原、阿拉丝·拉姆斯,以及……

纵使吵闹、炎热又让人觉得麻烦,但那段完全不需要武装自己内心的梦境般时光,在数星期前确实以惠美的"日常"形式存在着。

"看来……我真是个彻头彻尾的笨蛋,而且状况还挺不错的呢。"

惠美自嘲地低喃道。

在日本时总是梦到和平的安特·伊苏拉和父亲,结果等她回过神来才发现,这几天自己一直做着关于日本的梦。

"我总是在追求自己无法拥有的东西。"

拍打着法伊冈军港的海浪声,背叛者放在房间角落的铠甲与剑,束缚着她的内心,令她无法动弹,这就是惠美的现状。

"唔噗唔噗……噗呼。"

阿拉丝·拉姆斯在身旁说着童稚梦话,惠美轻抚着她的发丝,再度躺到床上。

从明天开始,又要继续那种令人不快的俘虏生活了。现在可不能被无聊的梦削减自己的睡眠时间。

然而不知为何,惠美已经没心思去擦拭醒来前流下的泪痕。

那是在梦中看见魔王身影时,因放心而流的泪水。

隔天早上。

"所以,你们到底有什么打算?"

这一次,惠美在还没憎恶之前就先产生了疑问。

随着奥尔巴一同现身的,是在俄福萨哈帝国被称为"八巾骑士团"的骑士团干部,他们都是高级将校。

八巾骑士团分为正苍巾、镶苍巾、正翠巾、镶翠巾、正橙巾、镶橙巾、正红巾与镶红巾共八个骑士团,其中以负责统领保卫皇都和统一苍帝近卫的正苍巾骑士团为首,每个骑士团所掌管的政务、地区和武装都不尽相同。

所有隶属骑士团的人并非都是战斗要员,当中也有像警吏或文官那样的职位,不过现在跟奥尔巴一起造访惠美房间的这些人,全是像副团长或地方司令这种有资格接待外国贵宾的人。

"你不喜欢那副铠甲吗?"

奥尔巴没有回答惠美的问题,转而看向依然原封不动的铠甲与剑。

"我已经有破邪圣衣了。让你准备了那么贵的铠甲,真不好意思,但我可没笨到去穿那种不晓得设了什么机关的东西。"

"哦,原来如此啊。"

奥尔巴露出看起来不怎么有趣的笑容,再度说出令人费解的话。

"不过不好意思,艾米莉娅,如果现在让你消耗太多力量,我们可是会很困扰。这也算是为了你好,能不能请你穿上这副铠甲呢。"

"唔……"

惠美懊恼地咬紧牙关,以至于整张脸都扭曲了。

换句话说,就是不允许她拒绝。

惠美不懂奥尔巴的意图,后者当然也没有要解释的意思。

奥尔巴看出惠美接受了要求,于是满意地点头。

"那么,就叫侍女过来帮你穿上装备吧。接下来我和你,以及八巾骑士团的精锐将士会从法伊冈往东边的苍天盖前进。走吧,艾米莉娅。至于圣剑……"

奥尔巴的视线突然从惠美身上移开,在环视整个房间后满意地点头说道:

"看来你保护得很好呢。不错不错。"

"唔……"

看不见阿拉丝·拉姆斯的身影,就表示她现在正跟惠美处于融合状态。

惠美无法违抗奥尔巴。

她狠狠地瞪着奥尔巴的背影,但还是只能在八巾骑士们的催促下,离开房间去换衣服。

"妈妈……"

脑中响起阿拉丝·拉姆斯不安的声音。

"放心,不会有事的。"

惠美以完全没有说服力的声音低喃着。

十分钟之后,在奥尔巴与八巾骑士的簇拥下,惠美满脸羞愧地走在法伊冈军港基地的走廊上。

金光闪闪的铠甲、腰上的剑以及抱在腰际的头盔都令她感受到一种危险的重量。这点重量对惠美来说根本不算什么,但她觉得内心的秤砣都被增加了相同的重量。

"嗯?"

惠美的内心突然产生一股奇妙的异样感。

"这是……"

虽然微弱,但她确实感觉体内充满了力量。

自从回到安特·伊苏拉的这几个星期以来,惠美的圣法气堪称恢复到全盛时期的状态,不过她感觉到,除了这些之外,还有另一股温暖的东西流进了自己身体。

"这、这是什么?"

"你发现啦?"

走在前面的奥尔巴头也不回地说道。

"你没听见那些充满希望的声音吗?"

"啊?"

走廊前方有一扇能从基地前庭通往镇上的门。奥尔巴似乎正带着她往那里前进。

"再过去就是市区了。"

"没错。"

"我听见声音了……"

那是一大群人在吵闹的声音。

一股不祥的预感让惠美皱起眉头。

一走出前庭,就见大批全副武装的八巾骑兵与载满物资的马车在等着他们。

惠美发现当中有一匹别具风姿、矫健俊美的白驹,正在那儿等着主人上马。

"艾米莉娅,那是你的马。应该还记得怎么骑吧?"

惠美一眼便能看出这是一匹受过良好照料的上等骏马。

至少不是派给普通士兵的马,而是足以配给将军阶级的坐骑。连在过去讨伐魔王的旅程中,惠美都没骑过这么好的马。

"艾米莉娅,抱着头盔,让大家看看你的脸吧。"

奥尔巴说完也跨上了一匹有着栗色尾巴的骏马,他那匹就比不上惠美的坐骑了。他与八巾骑士们交谈了两三句,才下令道:

"好了,我们走吧。"

接着,他笑得不怀好意地开口:

"开始勇者艾米莉娅的第二次苍天盖夺回战。"

"你、你说夺回……咦?"

没等她问出奥尔巴话中的含意,基地正门便开启。

伴随着开门的信号,外面传来明显的欢呼声。

"这、这是怎么回事?"

门外那条贯穿城镇的大道上挤满了民众,他们都以充满希望的眼神看向这里。

队伍在领头骑兵的指示下开始前进,现场立刻地响起热烈的欢呼声。

"哦哦，那就是圣剑勇者啊！"

"原来她真的还活着的！那消息是真的！"

"没错！她造访法伊冈时我就见过她了！"

惠美无法抑制自己激动的心跳。

法伊冈的民众知道她是勇者艾米莉娅。

他们在知道的情况下，将希望托付在她身上。

"老天爷果然没舍弃我们！"

"勇者再度降临东大陆，要为拯救俄福萨哈挺身而出了！"

这时，惠美发现一件奇怪的事情。

虽然不晓得俄福萨哈是出于自愿还是为了抵抗才反过来遭到征服，不过根据之前从艾美拉达那里听来的情报，他们目前应该正被巴巴利提亚的党羽控制，并为了"进化圣剑・片翼"向其他四个大陆做出了宣战布告才对吧？

尽管不知道巴巴利提亚的势力有多大，但从查理安特带到铫子的士兵人数来看，如果没有比那规模大个数十倍，也构不成一支军队吧。

法伊冈在俄福萨哈中也算是一处大型军港，是一座设有许多外国领事馆与商行的重要城市。

然而自从来到这个城市，惠美非但完全没见过马纳勃郎西族的身影，也没感觉到任何魔力。

"奥尔巴……我可以问一个问题吗？"

"什么事？"

"我姑且不论经过，但俄福萨哈不是跟巴巴利提亚……跟马纳勃郎西族联手了吗？所以他们才会向全世界宣战，对吧？"

"……"

"这一切都是你在背后牵线，对吧？那么马纳勃郎西族他

们……应该说巴巴利提亚也知道这项行动吗？这么做到底有什么意义？"

大法神教会最高位的圣职者——前六大神官奥尔巴以慈父般的表情，转头回答惠美的问题：

"艾米莉娅……"

他语气一转——

"历史是会重演的。"

在这充满希望与圣法气的法伊冈港区中，他的声音带着一种露骨的黑色恶意。

"那句话真的没说错呢。'不抱希望，向前迈步，唯有开拓者才能存活'。你看，法伊冈这些只能依靠希望的废物……"

奥尔巴仰望天空。

淡蓝色的白昼天空中，一轮红月隐隐浮现。

"简直就跟那天的马纳勃郎西族一样……像那些深信自己能替魔王撒旦和恶魔大元帅报仇，愚蠢的马纳勃郎西族头目一样。"

"唔！"

"艾米莉娅，你听得见他们的欢呼声吧。看看那些可悲的民众，将自己的希望寄托在你身上，期待自己不用行动就能获得救赎。"

"奥尔巴……你……"

惠美的声音里充满了诅咒，强烈到让她担心自己心里涌出的怒意、悲伤和憎恨会腐蚀内在的阿拉丝·拉姆斯。

"既然你已经在这些人面前露脸，也把他们的希望一肩挑了，那么你就只剩下一条路可走了。勇者艾米莉娅，你是'拯救再度遭受魔王军控制的俄福萨哈的旗帜'。放心吧，我不会让你去做违反人道的事情。接下来,我和你……"

这句话所代表的绝望感与空虚,就跟惠美当天在故乡的村子听见的声音一样,是来自黑暗的话语。

"将去猎杀那些侵蚀俄福萨哈的恐怖恶魔。"

※

"喂,铃乃。"

真奥的眼神仿佛看到某种难以置信的东西,忍不住开口对铃乃说。

"什么事?"

"对于自己现在的打扮,你没有任何疑问吗?"

"你到底想说什么?"

"不,算了。不过算我求你,别穿成那样在我面前走来走去。"

"真没礼貌,你到底是对我什么地方有不满。"

"这不是满不满意的问题……不,还是算了。"

真奥坐到草地上,重重叹了口气。

这是两人在安特·伊苏拉东大陆的俄福萨哈露宿的第一天。

先前铃乃、真奥、亚西艾丝顺利通过"门",抵达了安特·伊苏拉东大陆的俄福萨哈。

从天上两个月亮、太阳与地形来看,他们抵达的地点位于皇都苍天盖北边森林区域里的一条大河边上。这条河从大陆中央地区流经皇都苍天盖,最后注入北边的大海。

"传送门"的出口刚好开在河边堪称幸运至极,除了无需担心饮用水的问题,也不太可能会迷路。再加上河流沿岸人烟稠密,有利于收集情报。

第四章
魔王，今昔物语

按照铃乃的说法，"地狱之门"原本就不是被制作成用来增幅法术的增幅器，因此利用它当增幅器开启的"门"是无法确切指定到达地点。这次他们能刚好出现在没人的场所，可以说"完全靠运气"。

真奥一行人出发时是深夜，东大陆此时却是傍晚——也不知是跟地球之间有时差，还是安特·伊苏拉本身就存在时差。

直到星星出现后，铃乃才开始利用天上的极星与两个月亮的位置测量自己的位置。

之后，她提议在距离"门"出口往南十公里的地方搭建他们第一个的帐篷。

话虽如此——

"喂，现在就打扮成那样还太早吧？"

虽然之前放弃过一次，但真奥看着眼前用营钉将旅行圆顶帐篷固定在地面的铃乃，不得不再度提出意见。

"这是我的自由。"

铃乃不予理会。

"我觉得必须趁我们还安全的时候，习惯以这身打扮行动。现在算是练习。"

"话虽如此……"

"喂，真奥，你看你看！"

"嗯？怎么了，亚西艾噗呼哈哈！"

听到一旁的亚西艾丝在呼唤，原本一脸不悦的真奥转向少女，立刻夸张地大笑起来。

"跟铃乃一样！"

"我就说，你们啊……"

真奥陷入了烦恼。

铃乃和亚西艾丝居然就那样穿着睡袋走动。

这种俗称"木乃伊型"的睡袋是一款能从头包到脚的优质保温睡袋，而这种睡袋的另一个特色是——只要拉开位于身体侧面和底部的拉链，就能让身体裹着睡袋，身处四肢来。

这似乎是一种图方便的设计。例如，只要打开手的部分，就能在夜晚的帐篷内看书或操作灯光，而脚的部分则方便让人在察觉到有大型野生动物接近时立刻逃跑。

日本国内原本就有露营用具，真奥等人也是早以知晓那些道具的用途，没必要从搭帐篷开始就这么积极地利用。

在旁人看来，她们就像是有两条长了手脚、颜色鲜艳的巨型蓑衣虫在蠢蠢欲动，实在诡异极了。

而铃乃与亚西艾丝的五官都算都算姣好，所以那副打扮看起来显得更加不协调。

真奥早就搭好自己的帐篷，在他看来，铃乃和亚西艾丝之所以会在搭帐篷上费这么多功夫，很明显是因为她们那种巨型蓑衣虫的模样阻碍了行动。

"你们……其实只是试穿一下而已吧。"

"嗯！"

"你、你说什么！才不是那样！"

真奥冷静地吐槽了一句，亚西艾丝坦率地回应了，但铃乃很明显有了动摇。

"我说你啊……"

"不、不是！对、对了，那个，我是打算待会儿换衣服的！所、所以为了避免再被你偷看，才想在这个睡袋里……啊！"

铃乃一边结结巴巴地找借口，一面拼命挥舞着从睡袋里伸出的短短一截手臂，结果因为激动过度，踢飞了地上那根钉得

不够扎实的营钉。

"啊,倒了。"

"糟、糟了……魔、魔王,这都是你的错!"

或许是其他营钉也钉得不够深,一根松了之后,整个帐篷就因反作用力而倾斜。

"算了,我来帮你搭帐篷吧。要换衣服的话,就趁现在找个不会被我偷看的地方换吧。"

"唔……"

真奥从铃乃手上抢过营钉,挥手赶走这只巨型蓑衣虫。

屈辱令铃乃的表情产生了扭曲,不过她还是乖乖抱着装衣物的包裹走向河边的树丛。

"啊,喂,你忘了带防虫喷雾!"

"啰唆!我知道啦!"

这样子怎么看都是在闹脾气。铃乃一边抖着肩膀——虽然因为裹着睡袋而很明显,一边躲到了真奥看不见的地方。

"喂,亚西艾丝,帮我把那边的营钉重新扎好。"

"好好好。"

另一只色彩鲜艳的蓑衣虫以诡异的动作一路小跑到真奥右边。

"话说回来,亚西艾丝。"

"嗯?"

亚西艾丝一边以危险的动作将营钉重新插进土里一边回应着。

"你和诺尔德是什么时候到地球……到日本的啊?"

"什么时候啊……嗯……我印象中是很久以前的事情了。"

"很久?大概半年前吗?"

那时刚好是真奥重遇惠美、漆原,身边也开始骚动起来的时期。

"半年,是指一年的一半吗?"

亚西艾丝的答案出乎了真奥的意料。

"因为我出生还不到一年,所以如果太久以前的事情,我就不清楚了。"

"真的假的?"

无视惊讶的真奥,维持蓑衣虫状的亚西艾丝继续将绳子绑在营钉上的工作。

"嗯。从出生的时候开始,我就和爸爸一起住在日本了,再往前的事情我也不太清楚。"

对真奥而言,这是出乎意料的事实。

如果亚西艾丝的说法可信,那么她无疑就是阿拉丝·拉姆斯的妹妹。

不过两人身体的成长幅度有所落差,真奥原本以为亚西艾丝幻化成人的时期比阿拉丝·拉姆斯更早。

亚西艾丝所说的"出生",应该是指像阿拉丝·拉姆斯那样从果实状的耶索德碎片现身,变成现在这种姿态的事吧。

尽管阿拉丝·拉姆斯"出生"还不满三个月,但两人获得人类形态的时期明明相差不到一年,成长幅度却有这么大的差异。

"话说回来,为什么先获得人类形态的亚西艾丝是'妹妹'啊?这是什么规则?"

"嗯?"

"不……这件事还是等阿拉丝·拉姆斯回来后再说吧……不过这就说明,诺尔德到日本的时间比我想的更早了。"

"大概吧。"

估计就是这个原因,亚西艾丝才会只懂得说日语吧。

"唉,真是麻烦。"

"我觉得啊……"

"嗯?"

真奥看着说话间已成功固定的帐篷,满意地点点头。

"等这场骚动结束后,得开场家庭大会议才行呢。"

"家庭大会议?"

"唉,到时候再说吧。话说铃乃那家伙也太慢了吧。该不会是被熊袭击了吧……"

"我才不会输给区区一头熊!"

"唔哦!"

真奥被身后突然传来的声音吓了一跳。

"什、什么嘛!既然回来了就说一声啊……"

真奥边抗议边回头。

"谁叫你自己背后露出了破绽。有时我会觉得,你未免也太小看我的实力了吧……干什么?"

真奥转身一看到一脸不悦的铃乃,就变得哑口无言。

铃乃见状,再度以严厉的口气说道:

"干什么,你又想抱怨我的装扮吗?"

真奥赶紧摇头否认:

"我是想,原来你也会做这种打扮啊。"

"什么?"

就某方面来说,也难怪真奥会感到惊讶。

刚才外表犹如一只色彩鲜艳蓑衣虫的铃乃跑去"换了衣服",但她并不是换上平日里穿的和服。

第四章 魔王，今昔物语

她脚上穿着皮靴，其上是一件一路盖到脚踝的大法神教会圣职者专用法衣，外加一件看似穿了很久、附头巾的胭脂色外套。

将外套固定在肩膀上的金属零件，镶着看似法术增幅器的宝石装饰。

披上法衣的铃乃不再是住在那个小公寓里的啰唆邻居，而是大法神教会订教审议会首席审问官克丽丝蒂娅·贝尔，并具备了与其名相应的威严与神秘。

"这是外交传教部的法衣。大法神教会有时也会派遣大批修道士和传教士到俄福萨哈。不过以我的职业性质，也没多少机会和人接触。不过途径村落时，只要穿着这件法衣就不会被人怀疑……我说，你那是什么眼神啊。"

铃乃讲的话非常有道理，但如果她手上拿的是圣典之类的东西那也算合理了，但她抱着的是刚才还套在身上的木乃伊型睡袋，实在没什么说服力。

"啊，我知道了，是叫蜕皮吧。"

"真奥，蜕皮是什么意思？"

"魔王……你这家伙居然把我比喻成蛇或鳌虾……"

"不、不对不对！为什么你要联想到那种特别夸张的生物身上去啊！既然是女孩子，应该想想蝴蝶之类的比喻！"

铃乃表情厌恶地歪了歪脑袋：

"蝴蝶？"

但在咀嚼了这个比喻的意义后，她的表情便转为惊讶。

"你、你说蝴蝶？魔、魔王，你这家伙到底在讲什么……"

"喂，真奥，蜕皮是什么意思啊？"

铃乃有点慌了，但在她逼问出真奥的真心话之前，依然维

持蓑衣虫形态的亚西艾丝先打断铃乃,缠着真奥问道:

"嗯,亚西艾丝,所谓的蜕皮,就是蛇虾蟹之类的,将至今披在身上的皮脱掉并丢弃,让身体长大。如果是蝴蝶和蝉,则是指从幼虫变成蛹,再从蛹变成成虫,它们会将皮脱掉,成长为完全不同的外形。那样的过程就叫做蜕皮。"

"算了,蜕皮什么的都无所谓啦。"

真奥说完这一番生物学讲解,铃乃却不知为何露出有些受伤的表情,抱着睡袋缩成一团。

"哦,蝴蝶啊。那么铃乃就是漂亮的蜕皮咯!"

"嗯?唔……算是那样吧。"

"铃乃!真奥说你很漂亮呢!"

"是吗?是哦。这魔王还真爱开玩笑。"

亚西艾丝开心地奔向铃乃,后者却是自暴自弃似的面无表情。

"给我等一下,什么爱开玩笑。我一直都是很认真的。"

另一厢的真奥则是一脸意外地说道:

"一开始惠美和小千不是也跟你提过了吗?虽说和服没什么不好,但偶尔也得试着穿穿洋装。那件法衣你穿起来也挺适合的。"

"你……你说什么?"

真奥突然认真地说起这种话,让铃乃手足无措地睁大眼睛。

"嗯?呃,因为平常我只看过你穿和服,就觉得新鲜,也有点吓到而已。不过老实说,我觉得穿洋装绝对会比较轻松和便宜,而且也会很适合你的。"

"是、是是、是吗?"

"嗯?铃乃,你怎么了?"

铃乃的语气突然变得怪异，亚西艾丝·蓑衣虫惊讶不已。

"说、说实话，我……一直都从事着圣职，已经习惯这种沉重的长款法衣了。艾米莉娅或千穗大人那些衣摆和袖子都很短的衣服，我、我有、有点抗拒……我知道和服并非一般衣物，却依然爱穿。主要还是因为它的重量、身长和袖子都很像法衣，穿起来比较自在，那个……"

"咦？"

真奥疑惑地看着铃乃把好不容易叠好的睡袋重新摊开，然后再一次叠好。

"你……"

"你？"

"铃乃的脸好红噗哦！"

亚西艾丝从旁边探过头来，铃乃下意识地单手按住她的下巴，并捂住她的嘴巴。接着，铃乃很不安地抓着法衣的衣摆，以细微的声音问道：

"你……觉得……我适合穿那种吗？"

"你、你那么在意这件事吗？"

站在真奥的立场，他实在没想到铃乃对洋装的抗拒居然会强烈到让她表现出这样的态度，自知失言的他不由得直冒冷汗。

"不是那样啦！只不过，这、这是第一次有人，对我说……这种话……"

铃乃的眼神开始游移不定，这一点儿也不符合她平常坚毅的风格。

"我是觉得大家，一开始就想让你穿洋装了……嗯，我觉得应该会很适合。"

"魔……魔王，你这家伙到底怎么了，为什么要突然说出这种话，就、就算称赞我……也没有什么好处哦。"

"泥乃，偶的脸好痛痛痛痛啊！"

因铃乃施加的握力逐渐增强，一直被人抓着脸的亚西艾丝发出痛苦的惨叫，但铃乃本人完全没意识到。

"呃，不过，我是说真的哦。而且芦屋也说过洗衣服时，普通的便服直接丢进洗衣机也没关系。"

"嗯？"

"而且，虽然我很爱买优夷库，不过商店街上还有其他便宜的服装店，遇到喜欢的衣服，可以买多几件同花样同尺寸的。"

"嗯嗯？"

"噗噗啵啵呸吧哗噗哦噗哦。"

"我没穿过和服，不过考虑到我们这种生活型态，买洋装的性价比绝对比较高，我是说正经的。"

"……"

"还有，我之前听说和服这种东西根据季节和场合不同，花样也会有一些特殊的规定。在这一点上，洋装就没那么计较了，只要选布料就好，真的很方便，我建议你穿一次看看。"

"嗯，说得也是，我想应该也是。"

"嗯？怎么了？"

"不，没什么。只是我居然蠢到让自己的内心被恶魔迷惑了一下。我想冥想一下，除去内心的邪念。"

"噗哈！"

表情有些忧郁的铃乃，总算放开了亚西艾丝。

"哦、哦？我、我说错什么了吗？"

"是。你那些迷惑人心、诱人堕落的言论，简直就像恶魔的耳语。"

铃乃面无表情地说完这句，正准备进帐篷时——

"啊，那、那个，不过我刚才说可能很适合你，是认真的哦。"

不晓得自己为何会惹毛铃乃的真奥，还是不自然地对着铃乃那无力的背影补上这一句。

然而——

"……"

这句话宛如楔子般让铃乃停下了动作。

"我、我不会再被你迷惑了！"

铃乃瞬间涨红了脸，回过头朝真奥大吼一句，再以迅猛的气势躲进真奥帮她搭好的帐篷里。

顺带一提，在这次旅程中，他们已经事先商量好男女分别睡不同的帐篷。

"呃……我说了什么不该说的话吗？"

真奥能感觉到铃乃在帐篷里咬牙切齿地大闹，不禁烦恼地嘟囔了一句。

"啊呜……好痛哦……"

另一边，泪眼婆娑的亚西艾丝正揉着自己被捏红的双颊，对着帐篷大喊：

"铃乃！你干什么啦！"

亚西艾丝依旧一身色彩鲜艳的模样，直接钻进了正处于风暴之中的帐篷。所谓的天不怕地不怕，大概就是这个意思吧。

"我、我也差不多该准备睡觉了。"

虽然他们一开始说好晚餐后商量一下守夜的顺序，但就目前看来，实在无法期待对方能冷静地对话。

"总觉得……前途多难呢。"

真奥叹着气，仰头看向安特·伊苏拉的星空。

※

"汽油消耗得比想象中还厉害呢……这样有办法撑到苍天盖吗？"

在俄福萨哈到处游荡了三天，这天中午，一行人在途径的村子餐馆吃饭时，真奥向坐在对面的铃乃问道。

"今天早上绕的路实在太亏了。没想到居然碰上正红巾外出巡逻。害我们不但加了速，还走过不少路况差的地方。"

两人的摩托车油表指针，如今都指向离"E"符号只差一格的位置。

虽然带了备用的汽油，但考虑到俄福萨哈那段不可能有柏油的路面状况，这点油量绝对不够用。

考虑到日程，粮食和水还能在这个村子补充一些，但在当然不可能有加油站的安特·伊苏拉，只有燃料的问题难以解决。

"接下来的路要小心选择了。"

铃乃将芦屋手绘留下的俄福萨哈地图摊在桌上。

"不过看来能比当初预计的更早抵达苍天盖。我希望今天内……能抵达这个村子附近。只要离苍天盖越近，就越有可能碰上八巾骑士团，我想我们要尽可能靠摩托车移动到附近。"

"说得也是。"

交换完意见，两人决定继续骑车，骑到连备用汽油都耗光为止。

"虽然这种话由我来说也很奇怪，不过他们的复兴工程进行得还挺顺利的呢。我原以为状况应该更乱一点的。"

"这种话的确不应该由你来讲，不过，其实我也很在意。

魔王，我问你一件事，马纳勃郎西族在魔界的势力究竟有多大？"

"马纳勃郎西族的势力？如果你问的是人数，那我也只能回答还挺多的。我的魔王军在进攻四个大陆时，东、西、北三军都是由各个种族组成的混合军队，只有南方的马拉库塔军有八成是马纳勃郎西族组成的。唉，该怎么说呢，他们应该几乎都被惠美和人类消灭了吧……"

"嗯，换句话说，还留在卡缪麾下的兵力并不多咯？"

"我们又不像日本，有那么严密的户籍管理，所以我也不知道正确的数目。"

铃乃似乎挺认同真奥的话，频频点头说道：

"其实我的感想跟你一样：复兴进行得太顺利了。不过我的意思并不是指你率领的魔王军所留下的伤害已经完全消失，而是觉得，虽然马纳勃郎西族已经渗入俄福萨哈的中枢并向全世界宣战，但这里感觉不到战争时的气氛或恶魔的气息。从地图上来看，我们已经进入俄福萨哈的首都圈，情况却还是一样。"

"这么说也有道理。查理安特、法法雷路罗和科维库克之前说得那么嚣张，我还以为这里到处都有恶魔横行呢。"

真奥也能理解铃乃所说的异状。

"真令人不爽。打从那些天使……特别是加百列现身之后，他们所有的行为都让我不顺眼。"

"的确。"

事实上，就算芦屋和诺尔德没被加百列绑架，惠美的失踪应该也与安特·伊苏拉政情不安这一点脱不了干系。

不过那种政情不安的源头，是奥尔巴教唆巴巴利提亚他们这一群第二代魔王军，通过东大陆的俄福萨哈这个傀儡向全世界宣战。光是这样的话,最多只能证明出现了接替魔王撒旦的新人类世界侵略者罢了。

然而在这件事情背后,他们看到好几个天使的影子。天使与恶魔利用俄福萨哈帝国的士兵绑架了芦屋与诺尔德,这么一来,他们不禁猜想这次发生的一连串事件是不是还隐藏了不为人知的一面。

"还是跟这里的居民多打听一点消息,厘清真实的状况吧。"

"这里看起来没什么人潮与活力,但至少不像是正遭到侵略的样子。"

真奥与铃乃从窗户眺望村里的大道。

照芦屋留下的地图来看,这里是一个叫梵法的农村。把摩托车藏在村外的树丛后,他们便来到这里。

尽管这村落看起来不大,人口还算蛮多的,而且村民们似乎还委托镶红巾骑士团给村里当警卫,所以到处都能看见戴着镶白边红色手巾的士兵。

"真奥,我可以再吃一碗吗?这个好好吃哦。"

"你还真悠哉呢。"

在真奥与铃乃认真讨论期间,亚西艾丝一直默默地吃东西,等他们回过神时,才发现篮子里的面包已经被吃个一干二净,而她本人正忙着把空盘子交还给服务员——那些盘子原本装着加了大量蔬菜、鸡肉的炖菜,和据说是地方菜的淡水鱼焗烤派。

或许是由于东大陆的水资源丰富,且水质也接近日本,因此这里的饮食连已经习惯日本食物的真奥都不禁食指大动。

"铃乃,可以吗?"

真奥没办法擅自同意亚西艾丝加菜。

因为现在的真奥和亚西艾丝在经济方面必须完全仰赖铃

乃。

虽然现在还未出现让魔王陷入恐惧深渊的"借款"或"利息"等字眼,但如果过度依靠铃乃的资助,总觉得后果会很可怕。

更重要的是,对于一直在赚钱抚养两名部下的真奥而言,这就像沦落成小白脸般悲惨。

"可以。既然要加菜,就再点一份派如何?我正好也想再吃吃刚才那种类似乌冬面的面料理呢。**老板娘!**"

铃乃意外干脆地答应了亚西艾丝的要求,并自己主动叫老板娘过来。

"刚才那个淡水鱼的派再给我来一份吧。还有,请帮这位女孩再添一碗炖菜。另外我还要一个这种米粉汤,如果贵店有什么名酒,也请让我看一下。"

铃乃用被其他大陆称为亚煌语的俄福萨哈官方语言点菜。

"**虽说多卖一点是件好事,可惜本店没什么好酒值得端给大法神教会的祭司大人品尝啊。**"

这里的经营者是一位身材魁梧的老板娘,她笑着接受他们的点单。

"喂、喂,铃乃,你刚才是不是在点酒啊?酒后驾驶可是犯罪哦!"

身为曾经的征服者,稍懂一点亚煌语的真奥指责铃乃点的菜。

"好啦,你闭嘴。我又不是真的想喝酒。"

铃乃似乎早就料到真奥会这么说,只随口应付了他一下。

"**派还要一段时间才能烤好,要趁这时候来一杯吗?不过我们店里只有这种酒。**"

说着,老板娘拿来了两瓶水果酒。

看着瓶子上的标签，铃乃稍作思考后轻轻点头说道：

"看来这里的流通都还正常呢。"

"咦？"

"你知道我是西大陆出身的人，才推荐我这种酒吧？这两瓶都是西大陆酿造的水果酒。"

铃乃仰望困惑的老板娘，直接切入正题。

"我想请教一件事。请问皇都苍天盖至今仍被恶魔控制的传言，是真的吗？"

老板娘的表情一阵复杂。

"真要说的话，应该算是真的。"

随后，她才干脆地回答了铃乃的疑问。

但不可思议的是，她的语气根本不是在恐惧，不如说更像是疑惑。

"不过……若要问有什么变化，倒也没什么特别的呢。虽然大伙儿在知道恶魔大元帅艾尔西尔回来后，确实掀起一阵大骚动。"

说到这里，老板娘在确认一下店内没有其他客人后，才将脸凑向铃乃说道：

"见您是西部人，我才告诉您。其实对我们这些平民百姓而言，无论统治者是恶魔大元帅还是统一苍帝，都没什么差别。"

"哦？"

"她们好像在讲什么复杂的事情？我想快点吃派啦！"

"马上就送来了啦，你安静一下。"

真奥压制住等不及店员上菜的亚西艾丝。

"虽然艾尔西尔的控制确实很恐怖，而且也死了很多骑士团的人，不过在那之前，俄福萨哈这个国家的东部原本就内乱

不断,再加上每隔几年一定会搞一个大规模工程来提高统一苍帝或苍天盖的威信,到处征用人手,结果有很多人都死于事故。"

"居然有这种事情……"

"当然,考虑到语言不通的问题,或许统治者还是人类会比较好。虽然我们也希望可怕的恶魔们能快点消失……但在勇者艾米莉娅击退艾尔西尔后,我们发觉无论统治者是恶魔还是统一苍帝,到头来我们都只是被榨取的一方……哎呀呀,对不起,好像越讲越阴沉了。"

"不,我才该道歉,提起这种让您不好受的话题……"

"嗯,不过难得祭司大人愿意陪我聊天,我就坦白讲好了。其实在新恶魔军队进驻苍天盖后,真正改变的只有一件事。俄福萨哈全国的八巾骑士团都获得了强化,而且他们突然对其他大陆宣战。"

"喂,真奥!我的炖菜和派呢?"

"晚点我把我那份也给你,先闭嘴啦。"

"八巾骑士团获得了强化?"

"嗯,很奇怪对吧?想当初,艾尔西尔做的第一件事就是削减八巾骑士团的力量。虽然这只是传闻,但也有人认为说不定统一苍帝受征服欲的驱使,为了掀起战争而自己主动与恶魔联手呢。当初艾尔西尔为了弱化人类还费了不少心思,这次恶魔们来了以后,我们的流通、生产和武力反而增强了。这么一来,当然会有人产生怀疑啊。"

铃乃一边听着老板娘的话,一边表情凝重地看向芦屋留下的地图。

"原来如此……呃,谢谢你把这么宝贵的情报告诉我。我可以最后再请教一个问题吗?"

"什么事？"

铃乃以严肃的眼神询问老板娘：

"您可曾听说，苍天盖出现过天使？"

老板娘疑惑地睁大眼睛回答：

"天使？您说的天使，是指记载在大法神教会圣典里的那种天使吗？"

老板娘很困扰似的笑道：

"既然都有恶魔了，那么这世界上的某个地方或许真的有天使吧。不过我没听说过这种传闻。"

"这、这样啊。"

铃乃与真奥面面相觑地交换了一下视线。

民众知道恶魔的存在，但天使们私底下的行动还是没传到普通人的耳朵里。

"那么，那位小姐似乎也快忍不住了，我该去拿烤好的派了，还有其他想问的事情吗？"

"不，没了，谢谢你。非常值得参考。"

"那真是太好了……啊啊，还有……"

老板娘突然有些尴尬地支吾了起来，铃乃表情严肃地点头：

"放心吧。我赌上自己的名誉，绝对不会把老板娘告诉我的事说给其他人。"

"那真是太感谢了。"

老板来露出松了口气的表情，不过又不安地看向真奥的方向。察觉到那个视线的意义后，铃乃补充道：

"放心吧。这个人是我的随从，也是大法神教会虔诚的信徒，他很清楚告解秘密的重要性。"

"喂！"

虽然无法在老板娘面前吐槽,不过真奥还是翻了个白眼,表示自己听得懂铃乃在说什么。

"你说谁是随从啊,嗯?"

在一个离梵法村十几公里的森林沼泽边,真奥为中午的事情提出抗议。

"怎么,你还在记恨啊?"

不过铃乃一脸若无其事地回答:

"你自己也知道那样说比较方便吧。这次远征的费用几乎都是我出的,让我说一下又不会怎样。"

"唔。"

被这么一说,真奥顿时哑口无言。

见真奥悔恨地闭上嘴巴,铃乃微笑着道:

"不过我可不是在开玩笑,如果艾尔西尔的地图正确,接下来想前往苍天盖势必要经过其他城镇。若盘查变得严密,到时候说你和亚西艾丝是我这个传教祭司用钱请来的随从,应该是最稳妥的。"

"问题在于,这家伙有没有办法演戏啊?要有什么万一,就让她待在我体内吧。不过这么做好像把亚西艾丝当一件物品,感觉不太好。"

在那之后,他们又打包了一大堆淡水鱼的烤派当晚餐,真奥看向吃饱后化为一条幸福蓑衣虫躺在营火旁大睡特睡的亚西艾丝,不禁露出苦笑。

"唉,若真要遇上该怎么办?等明天赶个半天路后再考虑吧。"

铃乃看着芦屋那份地图说道。

"虽然我想尽可能靠摩托车移动到苍天盖附近,不过考虑到最坏的情况,或许我们得先将摩托车丢弃到某个地方。"

"咦?我才不要!"

真奥起身对铃乃的话表示抗议。

"就算你不愿意也没办法啊。越是接近皇都,我们被发现的几率就越高。必须避免做出太显眼的举动……"

"我好不容易才掌握驾驭'机动杜拉罕三号'的感觉!怎么可能把它丢在这种地方!"

"机动什么?那是什么?"

想想真奥平日的作风,想必那是他给这摩托车取的名字吧。

"你要对这辆车产生感情也无所谓啦,但这件事可能关系到艾米莉娅的性命。基于物品所有者的权限,摩托车的处置由我来决定。"

"唔唔唔……"

铃乃毅然地说完这番话,又像想起什么似的向真奥问道:

"话说回来,我之前就有点在意,为什么你每次都要把交通工具取名为'杜拉罕'啊?"

"啊?"

"'杜拉罕'应该是地球神话或是别的什么故事里出场的恶魔吧?我记得是无头骑士乘坐着由无头马拉的马车。"

"哦哦,你居然知道这个啊。"

"不过我从没听说侵略安特·伊苏拉各地的恶魔中有那种类似生物。当然,也有可能只是我孤陋寡闻……"

"嗯,魔界确实是没有地球上流传的'杜拉罕'恶魔。事实上,从生物的角度来看,抱着自己的头到处跑太诡异了吧。"

"你最没资格说这种话……算了,所以呢,为什么是杜拉罕?"

"呃,其实没什么特别的意义啦。"

真奥耸耸肩。

"在确定留在麦丹劳之前,我和芦屋曾经几度在打工时被开除。"

"哦?"

铃乃像是听到什么号外似的睁大眼睛。

铃乃来到日本时,真奥、芦屋、惠美、漆原等人的小日子已经不比当地日本人逊色了,所以她还以为他们的生活从一开始就非常顺畅。

"唉,有些是因为打工的店倒闭了,也不全是我们的问题。不过在我和芦屋决定谁负责工作谁负责家事和调查之前,至少有两次是被开除的。"

尽管真奥吐露的是自己的痛苦回忆,但魔王撒旦的痛苦回忆居然与炒鱿鱼有关,这一点对安特·伊苏拉的人类而言,也算是令人震惊了。

"之后我开始在麦丹劳工作,从还是新人的小千那里得知哪里可以买到便宜的自行车,包括自行车在内,当时我买了很多高价物品,存款也几近耗光。哎呀,那时芦屋真的超生气的呢!"

铃乃根本不可能知道当时发生的事情,不过那些场景还是很容易想象到的。

"然后啊,在得意地买完东西,花完存款后又被炒鱿鱼,问题就大了,对吧?"

"嗯,确实如此……等等,你该不会……"

铃乃似乎推测出某个差劲透顶的原因，不禁倒抽了一口气。

"所以为了不再被人开除，我就对着上下班骑的自行车许了一个愿望。你看，杜拉罕不就是'无头的恶魔'吗？因此只要把'头'换成'开除（注：日语中'头'与'开除'的发音相同）'，就变成'不会被开除的恶魔'了。"

真奥有点不好意思地露出一个戏谑的笑容，铃乃实在看不下去，只能将手抵在额头上。

"真没出息。"

"干吗！是你自己要问的啊！喂，你在笑什么啊！"

铃乃一开始满脸受不了的表情，随后越想越觉得可笑，喉咙里发出轻微的笑声。

"嘻嘻嘻……你还不如说是因为忘不了当魔王时的感觉，所以才想着至少把坐骑取名为'杜拉罕'，这个说法总比那个好多了，哈哈哈！"

"会说那种话的人，也只是个没常识的家伙吧？"

"啊啊，笑死人了。这件事日后得好好和艾米莉娅、千穗大人说说才行。"

"喂，不要啊，笨蛋！姑且不论小千，惠美那家伙一定用这件事取笑我一辈子，别告诉她啦！"

"我还真想目睹一下那场面呢。堂堂大魔王因为一个与日用品有关的起因，被勇者取笑了一辈子。"

"随你高兴啦，可恶！"

真奥面红耳赤地转过头，结果漏听了铃乃小声补充的一句：

"可以的话……真希望能一直待在旁边，看着那些场景呢。"

"啊？干吗？"

"不，没什么，别放在心上。只不过是你那种想法太像人类，

我觉得有点好笑罢了。"

"吵死了吵死了！居然敢瞧不起我！"

彻底闹起别扭的真奥转身背对营火，泄愤似的把烧营火用的树枝扔到远方的暗处。

铃乃不知为何一脸慈祥地看着那道背影，接着突然拿起芦屋留下的手绘地图。

"喂，魔王。"

"干什么啦！"

"你们为什么要来安特·伊苏拉？"

"啊？"

营火的阴影让铃乃看不清真奥的表情，但她还是清楚地知道，魔王的表情有些扭曲。

"我不是指这一次，而是问你们漂流到日本之前，你、艾尔西尔和路西菲尔打算控制这五块大陆的时候。"

"事到如今，还问这个干什么？而且我之前不是说过了吗？是为了控制安特·伊苏拉……"

"所以我才要问你，为什么是控制？你们不是为了毁灭人类世界才来的吗？"

铃乃想起千穗在出发前说过的话，接着问道：

"控制和毁灭完全是两码事。事实上，当时的艾尔西尔还特地将人类社会的资讯背了起来，手法巧妙地控制了俄福萨哈。这到底是怎么回事？"

"……"

"你之前跟我说过，若真是为了千穗大人的安全着想，为何不直接消除她的记忆。现在我把那句话原封不动地还给你：为什么你要让千穗大人待在你身边？"

"你这说法，说得我好像是那种缠着小千不放的坏男人。"

"你一直不肯回应千穗大人的勇气，利用千穗大人的善良折磨她，说你是个坏男人也没错。"

"唔……折、折磨她……那个，可是……"

之前千穗向真奥表白自己的心意时，曾被当时在场的铃乃听去。一回想起这件事，真奥就不由得发出苦闷的呻吟声。

"我最近也开始有点搞不懂你了。不是搞不懂真奥贞夫，而是魔王撒旦。"

铃乃眺望着营火的火焰，轻声嘟囔道。

"一开始，我坚信'真奥贞夫'这个人在日本的生活方式只是为了向世人掩饰魔王撒旦的真面目。我一直觉得你内心其实是很藐视人类的，只要一找到空隙就会背叛、伤害别人。"

"这话说得还真过分呢。不过对恶魔而言，阴险算是一种称赞。"

"不过，实际上的你又是如何？秉持守法精神，做事光明正大，与左邻右里建立良好的关系，还对自己打算控制的人类抱持敬意。不只你，连艾尔西尔和路西菲尔也是如此。"

"原来漆原和左邻右里有交流的啊？"

"我看他跟佐助快递的送货员们混得挺熟的。"

"漆原那家伙……"

铃乃说的大概是指漆原趁真奥和芦屋外出时擅自网购的时候吧。真奥一想到这个就垂下了肩膀。

"可另一方面，你们又总是肆无忌惮地宣称总有一天要控制人类与安特·伊苏拉。话虽如此，却也不会极端地敌视对艾米莉娅，对你们而言她纯粹是个大障碍。在知道我的真面目后，也没对我抱以警戒。"

铃乃动作夸张地起身,俯视一直背对自己的真奥问道:

"把千穗大人、艾米莉娅和我留在身边,对你们到底有什么好处?"

"节省家计开支。还有餐桌上的菜也变得豪华,从各种方面来说,都是好处呢。"

"明明好几次变回强大的魔王姿态,为什么不回去,也没打算除掉艾米莉娅或我,还坚持在日本规规矩矩地当个'真奥贞夫'呢?"

"……"

"这次回归对你来说应该也是大好机会吧?现在的你,已经得到了超越大天使的强大力量,艾尔西尔和恶魔部下们也都在伸手可及的地方。只要忘了日本和地球上的事情,把开'门'的我杀了,想回魔界什么的都不是问题。人类世界的情势不像过去那么团结,艾米莉娅也陷入了困境,这不正是你征服世界的大好机会吗?"

"你到底想要我怎么做啊?"

"安特·伊苏拉的人想象中的魔王撒旦,做出那种事才叫正常啊。"

铃乃很干脆地断言。

"可现在的你跟我待在一起,担心艾米莉娅的安危,安慰梨香大人的心,和千穗大人约好会回到日本,还拜托天祢小姐守护日本的安全。"

"担心惠美……那倒没那么夸张啦。"

看来真奥直到现在还没领悟到自己出发前在家说溜嘴的那句话所代表的意义。

"照这样来看,原本打算控制安特·伊苏拉的你,行动就不一致了。不过我又想到了一个假设。只要按照那个假设，你所有看似不具一致性的行动就都能解释了。"

"别闹了。现在热播的电视剧里面，在假设阶段发表的意见都不见得是对的哦。"

真奥试着蒙混过去，但铃乃依然不肯退让。

"魔王撒旦。"

"别说了。"

铃乃平静的声音传入真奥耳里。

"你应该一点儿都没变吧？"

"我叫你别说了……"

"千穗大人的慧眼有时候真的很恐怖。不对，或许正因为千穗大人什么都不知情，所以才有办法得到这样的结论。魔王，你……"

"啊！我不想听！我——不——想——听——啊！"

真奥捣住耳朵大声嚷嚷，但铃乃凛然的声音轻易地突破了那层障碍。

"其实你这男人既认真又温柔，真让人纳闷为何会以恶魔身份诞生。"

在夜晚的森林里，营火爆开的声音听着就像打响指一般。

"你说这种话，就不会觉得难为情吗？"

"这全是从千穗大人那里学来的。千穗大人知道你是异世界的魔王，还是从不怀疑这一点。虽然人家经常说恋爱使人盲目，但看看千穗大人，反而是令她的慧眼变得更加敏锐呢。"

铃乃若无其事的干脆声音，让真奥再度哑口无言。

"同样，看穿这件事的人只有千穗大人，安特·伊苏拉的所有人，包括艾米莉娅和我在内，都不曾意识到这一点。"

新宿电器行的那场争执再度浮现于铃乃的脑海里。

真奥当时曾经明确地说过这些话。

"你确实是率领魔界之'民'的'王者'。"

"嗯,毕竟我是'魔王'嘛,有什么问题吗?"

真奥还是很不爽地背对着铃乃。

"话说,以前的事情跟现在有什么关系吗?现在我只是想跟你一起去救出惠美和芦屋,然后大家一起回日本,这样不行吗?"

"不行。"

"为什么啊!"

"很简单,因为我会不安。也许我睡到一半会被突袭,而且现在我还无法完全断定到了苍天盖后,你会不会跟艾尔西尔一起背叛我,开始新魔王军的活动。"

"我、我说你啊,从刚才起就一直前言不搭后语的。"

"毕竟我长期从事着怀疑别人的工作啊。"

"圣职者怎么可以怀疑别人。"

真奥依然皱着眉头背对铃乃,后者则是对他露出一抹温柔的微笑:

"的确,虽说是前异端审问官,但再怎么堕落,好歹还是一名圣职者,我……嘿咻。"

"唔哇!"

背上传来的轻微冲击让真奥诧异地回头望去。

在比自己低一颗头的位置,真奥看见铃乃被营火照亮的后脑勺,随后又发现她正与自己背靠背坐在一起。

"你、你干吗突然这样啊!"

铃乃突然踏入最接近自己的领域,让他困惑不已。

"圣职者绝对不会泄露透过告解得知的秘密。"

铃乃倒是很从容地越过紧贴的背，平静地说道：

"这样你就看不到我的脸啦。恶魔之王啊，不介意的话就告诉我吧。为什么你要率众侵略安特·伊苏拉？"

"真是的，现在是什么状况啊……"

真奥双手捣着脸，深深叹了口气。

"话先说在前头，我之所以至今都没告诉过别人，并不是因为背后隐藏了什么天大的秘密。只是因为都没有人特别提出来问，所以我才没说出来而已。"

真奥先小声地做了个开场白。

"这种事对你们人类来说，真的是非常无聊，而且随处可见，要是你听完一切后还是无法接受，我可不管哦。我也不觉得这种事严重到需要找你告解啦。"

"我知道了，我会谨记在心。"

真奥一面感觉铃乃从背上传来的体温，一面对着夜晚的森林轻轻叹气：

"唉……真是的，这到底算个什么事啊……该从哪里开始说起好呢。"

接着，他以宛如回首昨天之事一般的自然口气开始说道：

"我不记得有没有跟你提过这件事，总之我出生时的魔界，真的是个无药可救、完全暴力当道的世界。强大的恶魔会随意折磨、杀害弱小的恶魔，只顾着让自己活下来，当时的魔界就是那样。为了改变那个世界，我揭竿而起，并在卡缪与艾尔西尔的协助之下，顺利地完成征服大业。在我的主导下，一个前所未有的文明国家就这样诞生了。到这里为止，情况都还算好。"

"嗯。"

"拜此之赐，弱小的恶魔基本上不会再因为毫无原由的暴力死去。魔法在经过系统化后变得越来越有效率，威力也跟着逐渐提升。但直到那件事爆发之前，我、卡缪和艾尔西尔都没有任何警觉。"

透过后背，铃乃感觉到真奥的呼吸稍微加快了。

"如你所知，恶魔可以通过恐惧与绝望的感情获得魔力，得到自己生存所需的能量。尽管我的统一大业为魔界带来了'治安'与'和平'，但相对地，'恐惧'与'绝望'便逐渐消失了。而结果就是魔界的魔力总量以极快的速度开始减少。托统一大业的福，魔界人口持续增加。你应该也猜到了吧，魔界为何会充满魔力。而我把那个原因消除掉了。这样下去，累积的魔力将以惊人的速度开始消耗。当我知道再这样下去魔界撑不过五百年时，真的很头痛呢。"

"所以，你们才会侵略安特·伊苏拉？这原因真的是普通到令人惊讶呢。"

真奥看不见铃乃的表情。不过听声音便能知道对方在认真听，因此他又接着说道：

"在侵略他国后，我们凭借抢夺与殖民等行为解决魔力资源枯竭的问题。以战争的动机来说，真的是普通到让人想笑吧？不过我可没有闲情去笑。我怎能让那些相信并跟随我的子民，让那些好不容易再也不必担心死于同族暴力的魔界之民，因为我的计算错误而饿死呢。正因如此，我才会来到这里。"

"为了'控制'安特·伊苏拉吗？"

铃乃刻意强调了"控制"这个词。

"由于你们是拥有压倒性力量的异形生物，我们就认定恶魔们打算将人类赶尽杀绝，但其实你并没有那个打算，对吧？"

"如果我说是,人类会原谅我吗?"

"谁知道。不过,现在的我是倾听告解的圣职者。所以,我不会怀疑你说的话。"

铃乃似乎微笑了一下。

"若让人类灭亡,也只会重蹈覆辙罢了。我听说人类的寿命比我们的短暂。等到人类灭亡那天,我们也只能将人口持续增加的恶魔放到空无一物的地方。所以我才想让人类产生适当的恐惧,由自己来控制他们。也正因为如此,我才会严命四天王对反抗者格杀勿论,但必须接受人类的投降。唉,只是执行程度似乎存在个人偏差的问题。"

"原来如此。所以各国的王侯现在还能平安无事地活着啊。"

其实铃乃在去日本之前,便已知晓东西南北大陆间几个恶魔大元帅的暴行存在着极大的差距。

当时已经有明确的统计指出,除去魔王城所在的中央大陆,人类世界的牺牲者主要集中在南大陆与西大陆,而北大陆和东大陆的被害状况则相对较少。

"再来就跟你知道的一样。惠美那家伙——解放了各个大陆,最后我成了逃跑的败军之将,漂流到日本。真的是无趣到让人吓一跳,对吧?"

真奥不断强调这些事很"无聊"为自己拉起防线,这样的他让铃乃觉得很有趣,躲着他的视线轻轻微笑了一下。

"也没那么无聊啦。知道你和人类的'王'没什么两样,这一点对我来说就算是有收获了。不过,我还有一点搞不懂。"

"啊?"

真奥一回头,才发现铃乃也做出了一样的动作,两人的视线因此交汇了一下。

"来到安特·伊苏拉之后,你自己做了些什么?"

"我?"

真奥感到意外地反问道。

似乎他没预料过会被问到这个问题。

他从来没想过这个问题,换句话说,真奥周围的人至今都没对这一点抱持过疑问。

"嗯,没错。从中央大陆真正的首都伊苏拉·肯托穆毁灭到与艾米莉娅的最终决战为止,在这段时间里,没人听过'魔王撒旦'的名号。负责进攻东西南北各个大陆的是恶魔大元帅的侵略军吧?我想知道,将侵略事业全权交给'魔王军'后,'魔王'本人到底在干什么?"

铃乃的眼中,反射出营火摇曳的光芒。

真奥这才发现自己已经跟她互看了好一阵子,慌慌张张地移开视线。

"你要是敢笑话我,哪怕只有一下,我马上就不讲。"

"你比我想象中还胆小呢。对于自己做过的事情,你就那么没自信吗?"

"讲述自己过去的大失败怎么可能会有自信啊。"

真奥先是不悦地丢下这句话——

"我在研究'人类'。"

然后才以细若蚊声的声音说道。

"虽然不至于像恶魔那么夸张,但你们人类无论人种、语言还是外表,都和我们不一样,而且居然能在竞争之后建立了社会,还能展开互助合作的生活。我觉得人类这种生物非常不可思议。"

"……"

第四章
魔王，今昔物语

"遇见受伤倒在路边的人，我们魔界的恶魔会一脚踩下去，而人类则是替那个人治疗并提供帮助。这种差距究竟是从何而来呢？"

"人类也不是每个人都能当圣人君子。"

"话虽如此，但也并非每个人都像恶魔那么可恶吧。"

真奥轻轻叹了口气，继续仰望天空。

"我做过很多没度量的事情。例如把魔王城的房间改造成人类统治者的风格之类的。我还曾百无聊赖地想象过：好歹我也是一个即将控制人类世界的绝对王者，总有一天全世界的王公贵族都会来这房间向我宣示效忠。"

"哦，我突然觉得有点想看呢。"

"拜托你饶了我吧，我才不想向认识的人公开自己的房间。另外，我从被摧毁的城镇里收集了无数资料，研究人类的语言、人类的社会等等。当然其中一部分也是为了调查该怎么做才能顺利地控制你们。"

"那么你的研究得到了什么成果？"

"就是因为没有，才会沦落到得在日本打工啊。"

真奥耸了耸肩。

"不过真的是船到桥头自然直呢。从下定决心要征服安特·伊苏拉，到被惠美打败并漂流到日本，在这段时间里我一直都想不透我们跟人类究竟有什么差异，想不到漂流到日本三天后，我就想通了。"

"是什么？"

"其实非常简单。现在回想起来，反而会觉得理所当然到让人想笑。"

真奥说完，看向在一旁满脸幸福呼呼大睡的亚西艾丝。

"就是需不需要吃饭。仅此而已。"

听到这个答案,铃乃抬起头转向真奥。

"你是指用餐吗?"

"嗯。"

真奥老实地点头。

漂流到日本后,真奥曾经因为"脱水症状"和"营养失调"被救护车送到医院。他永远忘不了在睡了三天三夜后,醒来时看见的医院天花板。

"我们恶魔不需要特别做什么行为就能获得独自生存所需的魔力。虽然也有人会基于兴趣吃掉自己杀害的对象,但那真的就只是兴趣,绝对不是因为不吃东西就会死。不过人类就不同了,一个人无论再怎么有钱,也绝对无法单独活下去。"

真奥坚定地说完,刻意转头面向铃乃。

"这不是什么精神论。毕竟就算是有钱人,也无法靠吃钱过活。他必须先用钱换食物,再吃掉那些食物。只要有钱,就能吃到某人做的美味料理或是对身体好的东西,就是因为能吃并想吃自己喜欢的东西,人才会想去工作赚钱。人类的社会就是这样形成的。从社会的构成要素开始,就跟我们恶魔不同……而我当初居然连这么简单的事情都不知道。"

"魔王?"

"就是因为不知道……才害死了那么多相信我的子民,还肤浅地认为只要靠自己的力量和魔力就可以控制人类。"

真奥靠在铃乃背上的部分传来颤抖。

"喂,你该不会……"

铃乃忍不住想回头,却被真奥以身体轻轻压了回去。

"我没哭。真正想哭的应该是那些追随我这个傻蛋的魔王

军,还有被我这个笨蛋杀害的,和惠美拥有同样悲惨遭遇的人们。我错了。明明是王,却还是犯错了。"

弯下腰的真奥看起来十分渺小。

在之前的笹幡北高中一战中,真奥为了拯救铃乃、千穗、漆原潇洒现身,展现出足以压倒天使与恶魔的力量以及身为王者的威严,但此时此刻,他的身上完全感觉不到那些东西。

"即使如此,你还是得行动,对吧?因为你是王啊。"

铃乃对着那道背影轻声低喃,真奥的后背随之一震。

"你不得不将人类的世界,和自己国民的性命放在天秤上比较,对吧?魔王……"

铃乃抬起头,向身后看不见表情的魔王撒旦问道:

"让你内心感到痛苦的罪,是什么?"

"我的罪……"

"是杀害人类,侵略安特·伊苏拉吗?"

"不是。"

真奥明确地否定。

铃乃依旧面不改色,继续以平静的语气问道:

"那么,是什么?"

"是背叛了民众的信任,将他们逼上死路……以及身为一个王却选错了道路……"

"既然已经为此感到后悔,那你该怎么做?"

"……"

真奥任由铃乃的话语一句句沉入心底,同时开口道:

"即便如此,无论发生什么事,直到我不再为王那一刻为止,我都要以王的身份活下去。"

"没错。"

铃乃露出微笑，缓缓起身离开真奥的背。她没有看向那位告白自身罪孽的男子，而是直接仰望满天的星辰。

"你自己不是也说过吗？为了带领那些跟随自己的人前往好的方向，就必须一直看着自己认为是好的方向活下去。在新的王把自己推下来之前，你必须一直拉着后面的人往前走。你希望自己成为同时控制恶魔与人类的王，对吧？"

"话说，这算是告解吗？"

真奥以又像哭又像笑、几乎快要崩溃的表情问：

"你们那儿的神明，会愿意原谅恶魔的罪孽吗？"

"唉，正常来讲应该是不会吧，毕竟这可是恶魔之王的罪呢。"

"喂，都让我说到这个地步了，那说法也太过分了吧。"

真奥用尽全力吐槽了铃乃那句干脆的回答，后者却以平静的笑容摇头说道：

"不过，我原谅你。"

"铃乃？"

真奥忍不住回头。

首先映入眼帘的便是圣职者身穿法衣的背影，接着铃乃缓缓转过身子，脸上挂着真奥从未见过的温柔笑容。

"恶魔之王撒旦，我听到了你身为王的所有'孤独'与'罪孽'。经我判断，你所说的全是实话。我以'克丽丝蒂娅·贝尔'的名号原谅你的罪孽，哪怕神，或是这个世界的其他人都不原谅你……你做得很好。"

真奥傻傻地看着铃乃的脸，好不容易回过神后才皱起眉头说道：

"你、你是怎么了？该不会白天吃的派里加了什么奇怪的东西？"

"或许吧。我也觉得自己疯了。"

在营火的照耀下，铃乃的脸似乎微微泛红。

"这件事情很简单。之前我也被你救过好几次，虽然你本人没那个打算，我还是觉得应该报答你，还有，我恐怕……"

"干、干吗？"

"不，还是算了吧。"

铃乃轻轻摇头，像是解除紧张似的从真奥面前移开，坐到营火的另一端，苦笑道：

"要是再继续说下去，真的会变成单纯发牢骚了。若是让告解者感到困惑，就本末倒置了。另外，若真要明确表态，可是会触碰到千穗大人的逆鳞呢。"

"为、为什么要在这时候提起小千啊？"

"这下我总算能体会千穗大人的辛苦了。"

虽然嘴上一副受不了的样子，但铃乃那张被营火照亮的脸庞依然挂着微笑。

"最近的我成了千穗大人的信徒。唉，就当成是那样吧。我……既没有千穗大人那样的坚信，也没她那样的勇气。"

"唉……"

真奥彻底被她避重就轻地敷衍了，无法继续吐槽下去的他只能保持沉默。

"魔王。"

"这次又怎么了？"

也不知是不是真奥看走眼，此时铃乃的表情似乎有些悲伤。

"无论你是怎么想的，我会赌上圣职者的名誉接纳刚才那些话，所以，我也不会告诉任何人。不过……如果哪天你有那个意思,就告诉艾米莉娅……"

"我拒绝。"

"刚才那些事……咦?"

"唯独惠美,我绝对不会告诉她。"

真奥那过于果断的语气让铃乃惊讶得目瞪口呆。

"那样一来,不就很不公平了吗?"

真奥的表情和语气都很严肃。他摇头道:

"不公平?在跟她来往的几个月中,我已经知道那家伙嘴上总是挂着'勇者勇者',但精神方面的强度就跟豆腐差不多。她最近好不容易才重新振作起来,要是又像之前那样陷入烦恼,我们也会觉得难受的,对吧?"

快速说完这段话之后,真奥低下头啐了一声:

"对惠美而言,我是把她的人生搞得一团乱的侵略者之王。这样就够了。"

"不过,那是……"

"就算那家伙的父亲还活着,我的所作所为夺走了她人生的一部分,这依然是不争之实。只不过我是将大批人类的人生,包括她在内,和自己的国家与子民的性命放在天秤上做了比较,最后选择了自己的国家与子民。"

真奥像是在咀嚼自己说的话那般,缓缓地说着。

"我根本就不在意自己对那家伙做的事情,而且,我既不期待她的原谅,也没立场接受她的原谅。如果我把这些事情告诉她,也只会害她失去立场。更何况这次她已经给我们添了很大麻烦。"

"魔王,你……"

"而且这次还有芦屋、阿拉丝·拉姆斯、亚西艾丝和诺尔德的事情要处理，因为指名惠美担任恶魔大元帅的人是我。既然让她背负了这个责任，那这次我就有义务去帮助她。这跟她是勇者我是魔王什么的完全是两回事，所以……"

真奥瞪向铃乃——

"即使顺利救出惠美，也别跟她讲些多余的话。这次是因为身为圣职者的你说要听告解，我才特例告诉你的。现在这些状况已经让惠美那家伙自责到软弱不堪了，你要是敢把我的事情告诉她，让她烦恼，她绝对会烦到让人受不了。那家伙……"

真奥缓缓起身，背对铃乃走向自己的帐篷。

"还是每次看见我时就先讽刺一两句的样子比较合适。不然的话，我的步调都会跟着乱掉的。"

"魔王……"

"啊，对了，刚才那些话也算是告解的一部分，绝对不可以告诉其他人哦。"

真奥回头弯腰指着铃乃，没等听到回答就直接走进帐篷。

"……"

铃乃忍不住抱紧自己，这个身体刚刚还感受着真奥的体温。

"你真是个温柔到底……又残酷到底的男人呢。"

铃乃露出一抹自嘲的笑容，然后仰望浮现在夜空中的一轮红月与一轮蓝月，轻声嘟囔道：

"艾米莉娅……'未来'你到底打算怎么活下去？"

"呼呜……密瓜火腿……唔嗯。"

这场大战足以改变世界，而唯一掌握其中部分真相的人类——克丽丝蒂·贝尔却觉得自己完全看不见那个真相究竟预示着怎样的未来。

"干烧虾仁包，荷包蛋夹土司……"

"居然连没吃过的东西都混进梦话里了。"

对于现在必须整理心中万千思绪的铃乃而言,化身为巨大蓑衣虫的纯真少女这番忠于欲望的梦话也是一份很棒的清凉剂。

"而我的'未来'……又会变得怎么样呢。"

铃乃抱紧自己的身体,一回想起体内加速的心跳,再度叹了口气。

※

商都古因范即将被攻陷。

在勇者艾米莉娅再临的旗帜下,从法伊冈出发的八巾骑士团自称"法伊冈义勇军",开始在皇都苍天盖以西的地区展开战斗,打算解放那些被马纳勃郎西族头目所率军队占领的都市。

义勇军接连攻下由新生魔王军的干部——马纳勃郎西族头目控制的城市,最后终于抵达临近苍天盖的大都市古因范。

义勇军以绝对的优势展开攻城战。

古因范是一座商业都市,因此这里没有坚固的城墙或防卫机构,宽广的道路很快就被大军一举侵入,义勇军转眼间便驱除了阻挡在前的马纳勃郎西族。

占据古因范的马纳勃郎西族头目——斯科尔亚米诺尼被逼到了绝境。

"报告!前线的镶红巾队已经遇上敌方头目!双方已经开战!"

传令兵冲进义勇军营帐的作战参谋室报告消息,惠美缓缓起身。

"让我去吧。那些头目的强悍跟普通的马纳勃郎西族完全不能相提并论,光靠不充分的战斗力是无法战胜的。"

惠美不打算使用圣剑,而是拿起奥尔巴准备的武器准备走出营帐,却被一道声音制止。

"不,没那个必要。"

惠美转身瞪向以义勇军参谋的身份留在营帐里待命的奥尔巴。

"奥尔巴,你想让八巾的骑兵白白送死吗?由我上场的话,这场战瞬间就能结束。"

"你说得没错,但大将不应该随随便便地就上战场。若是陷入苦战也就算了,如果大将在军队处于优势时就现身,反而会有损我军的士气。"

"可是……"

惠美握着剑柄的手颤抖不已。

"艾米莉娅,你是这支义勇军的大将兼象征。请你别采取太过轻率的行动。你那份勇气足以为现场的人们带来勇气了。"

"唔……"

惠美看了看那些自从离开法伊冈后就一直在营帐里待命的八巾将校。

他们脸上洋溢着希望与勇气,却都不了解惠美真正的心意。

"那么,我至少能够给个提议吧。既然我们已经胜利在望,那就没必要制造更多的牺牲。给马纳勃郎西族军发个投降劝告吧。我们的目的是解放古因范,不是单方面的杀戮……"

惠美以几近哀求的态度提出这个建议,但奥尔巴一脸打从心底感到意外的模样问道:

"艾米莉娅,你该不会是要我们放恶魔一条生路吧?"

"那是……"

营帐内所有人的视线都集中在惠美身上。

惠美无法立刻回答奥尔巴的问题。

没等她整理好自己不知为何无法回答的心情,另一名传令兵就冲进了营帐。

"是来自前线部队的概念传送!紧急通报!是紧急通报!"

距离刚才的传令还不到五分钟,但那名士兵满脸喜色,惠美见状,绝望得倒抽了一口气。

"来自前线部队的紧急通报!我军遭遇敌方马纳勃郎西族头目,经过激战后击败对方!敌方头目已确认死亡!我军成功解放古因范了!"

"唔唔唔!"

营帐内顿时欢声雷动,现场没有任何一位将校发觉惠美明显绷紧的脸。

传令兵带来的捷报,正是惠美最害怕的事情。

"只不过……是恶魔消失了而已……那是人类的敌人……"

当所有人都沉浸在解放古因范的胜利当中时,义勇军里只有惠美一个人抱着大腿,蹲在空无一人的参谋本部里。

"没错,这是因果报应。他们原本就想接替魔王军控制安特·伊苏拉,他们是魔界的余党……只不过是人类应该打倒的恐怖恶魔……又少了一个罢了。"

惠美暗自低喃的声音里不带任何感情,听起来就像纯粹罗列出事实,不具任何色彩。

"恶魔,是敌人。是我和安特·伊苏拉的敌人,只要将他们赶尽杀绝,世界就会恢复和平……"

"'恶魔'……到底是什么?"

"唔。"

从心底深处传来的声音令惠美感到害怕,她就像快被某种东西压扁,只能紧紧抱住自己的身体,将自己缩得更小。

"敌、敌人。恶魔是,人类的敌人。是威胁人类的,恐怖敌人……"

"简直就跟那天的马纳勃郎西族一样……像那些深信自己能替魔王撒旦和恶魔大元帅报仇,愚蠢的马纳勃郎西族头目一样……唔唔!"

惠美抱着头,发出呻吟。

她应该知道的。

在这一年多的时间里,她已经看过这个世界,看过这些人类,也看过恶魔那完全不同的另一面。

"为什么……明明死的是恶魔,我为什么还这么……"

她并不是想说敌人也有敌人的苦衷。

虽然心里确实存在迷惘,即使现在面对真奥与恶魔们,她还是有信心将其视为敌人。

然而,明明只是死了一个未曾谋面的马纳勃郎西族头目,为什么她会觉得自己背负了罪恶感呢?

如果不在这里打倒马纳勃郎西族,古因范就会一直受恶魔的控制。

为了解放古因范的人民,这场战争是正确的。

"妈妈。"

惠美已经心力交瘁,连体内阿拉丝·拉姆斯的呼喊都听不到了。

惠美无力地起身,在未能整理好扰乱自己内心激烈感情的情况下,走回自己专用的帐篷,连武装都没卸就直接倒在床上。

惠美无力地躺在床上，宛如死去般陷入梦乡。

"唔。"

惠美睡得很难受，阿拉丝·拉姆斯出现在她的身边，以娇小的手轻抚精疲力竭的"妈妈"的脸颊。

就在这个时候——

"呜？"

阿拉丝·拉姆斯好像发现什么似的仰望天花板。

"谁？"

刚刚她瞬间感应到一股令人怀念的气息，然而那就像藏在沙漠中的小石子般，很快就混入世界的气息里，消失无踪了。

阿拉丝·拉姆斯依然将手抵在自己的额头上，在黑夜中四处张望了好一段时间。

※

"啊啊，乱七八糟的。"

"……"

"你也听见了吧？我可是阻止过他们的哦。"

"……"

"喂，来沟通一下嘛，我们又不是陌生人。"

"你到底有什么企图？"

"哦，你总算愿意说话了。"

这里是位于苍天盖城顶层的宝座。在曾经是统治俄福萨哈帝国的统一苍帝的宝座之屋里，有一群人正趴在地上。

倒在地上的都是八巾骑士团中强者。

而让他们躺在宝座之间地板上的——

"怎么样，芦屋老弟，不，是恶魔大元帅艾尔西尔。隔了这么久才来到苍天盖城宝座，感觉怎么样？"

"恶心。"

两条呈节肢状的尾巴不耐地晃动着，艾尔西尔从宝座上方瞪向加百列，后者正靠在入口附近的梁柱上，愉快地仰望这边。

虽然撑不住肉体变大的优夷库破布还黏在身上，但其威严是货真价实的。

"大天使加百列，你到底有什么企图？"

"我没有什么企图哦。我们天使不会特别帮助人类，还有这里并非日本，这些你都很清楚吧？喂，高兴一点啦。你好不容易才回到心里一直挂念的安特·伊苏拉，魔力也完全恢复了，以后到超市再也不用拿梯子，也不用瞪着清洁剂的价格标签了呢。"

加百列摊开双手，摆出一个可疑的姿势。

"唉，我知道这听起来不太像真的。抱歉抱歉。"

见艾尔西尔毫无反应，加百列只好给自己弄了个台阶下。

"这里真的是苍天盖吗？"

"对啊。要看吗？"

"哼！"

艾尔西尔哼了一声后走下宝座，穿过加百列身边。

"唔……唔唔……"

倒在地上的骑士们发出呻吟，像是在追着恶魔的背影般。

"真没出息。就这样也敢说是俄福萨哈的精锐，八巾骑士团啊，怎么每个家伙都这么让人受不了。我明明告诉过他们绝对赢不了你，所以别轻举妄动，结果他们还是被你的变身吓到，害我完全来不及阻止。谢谢你没有杀了他们啊。"

"没有杀的价值,杀了也没有意义。"

走出城堡顶端的阳台后,艾尔西尔不屑地说道。

当芦屋变回艾尔西尔的姿态时,负责监视的八巾骑士们顿时陷入了恐慌。

他们本来想将看起来没打算乱来的艾尔西尔绑在宝座上,但最后换来的就是这个结果。

看着在眼前展开的俄福萨哈皇都景观,艾尔西尔的表情依然不为所动,然后回头看向在背后露出轻佻笑容的加百列。

"你们打算把什么任务推给我?"

"哦,你知道啊?"

"艾米莉娅的父亲会到那间公寓去完全出于偶然。若佐佐木千穗的学校发生骚动,贝尔当然也会出动。所以说,你们的目标应该就只有我一个人。"

"也有可能是路西菲尔或撒旦啊。"

"如果真是那样,你应该会趁他们在家时过来。你这人可不会连目标都没确认就会直接发动袭击。"

"哈哈,好吧好吧,的确如此。你的任务非常简单。我只要你嚣张地坐在那张宝座上,接下来事情就会顺其自然地发展下去。"

"……"

艾尔西尔回头看了看加百列的轻佻眼神,又稍微闭上眼睛想了一下。

"真奇怪。"

"咦?"

"既然如此,为什么你还要让我看外面的景象?"

"呃?有什么问题吗?"

"如果你们真的只打算要我坐在那张宝座上,那么你们应该会想方设法不让我确认到外面的状况,尤其是现在这个几乎看不见任何马纳勃郎西族身影的皇都苍天盖的状况。"

"哦哦。"

加百列的语气虽然不正经,却是一脸真心感到佩服的模样。

"真要说的话,你本人甚至不应该出现在我面前。绑架我的事本可以只让马纳勃郎西族和人类做,对吧?"

"我可以问一下吗,为什么你会这么想?"

"这很简单。因为就算马纳勃郎西族的头目全部一起上,也不是你的对手。你们不是像人类借由圣典崇拜的那种高洁存在。既然如此,我认为最简单的原因就是,这一切都是你们天界搞的鬼。奥尔巴·美亚和巴巴利提亚都被你们的花言巧语蒙骗了,才会在此时出现在此地,对吧?"

"……"

"只要有人看见天使的身影,就能推测出无论是马纳勃郎西族打算兴建第二代魔王军,还是俄福萨哈在马纳勃郎西族的引导下向其他大陆宣战,都只是一些表面功夫,你们的目的就隐藏在这背后。所以照理说,你本不应该在我面前现身的。"

"嗯……这下麻烦了。"

加百列不雅地挠了挠肚子,摆出一个投降的姿势。

"都跟你推测的一样,本来我不应该在觉醒的你面前现身,该出现的必须是巴巴利提亚。这都是为了……"

"为了打造出'艾尔西尔回来了'的印象吧。"

艾尔西尔打断加百列说道。

"就好像某个巨大宇宙英雄一样。"

"因为在四名大元帅中,只有我没有被艾米莉娅讨伐过。"

"你真的完全不吐槽呢……嗯？难道现在是要我来负责吐槽吗？"

"我听说有人在散播关于那场中央大陆魔王城之战的不实传闻。如果事情变成恶魔大元帅艾尔西尔回到由马纳勃郎西族控制的俄福萨哈，估计所有人都会以为魔王军又要打过来了吧。"

"嗯嗯嗯，所以呢？"

"然后……安特·伊苏拉的人们，都期待着勇者能够回来驱除再度出现的魔王军。你们就是为了这个目的，利用了某种手段将艾米莉娅强留在这里，是吧？"

"既然话都说到这份上了，我就听到最后吧。"

"魔王军的复活与勇者的复活，人们期望勇者胜利，而实际上你们应该也在盘算着让我和巴巴利提亚一起被艾米莉娅打倒。复活的勇者艾米莉娅驱逐了企图再度控制俄福萨哈的邪恶魔王军，再次为安特·伊苏拉带来光芒，这剧本还真浅显易懂。"

"其实我倒觉得没那么好懂啦……唉，毕竟你是当事人之一，所以推测起来比较容易。"

"不过这时候就会产生两个疑问。为什么事到如今才想把艾米莉娅推出来？为什么你们这些天使要在背后操作这一切？之所以将原本打算抹杀掉的艾米莉娅再度推出来，我猜应该是为了让大法神教会承认奥尔巴·美亚的奸计，进而发挥自净作用。至于你们暗中行动的原因，目前我还没看出个所以然。"

"嗯，因为我都没让你看呀。"

在艾尔西尔无视始终轻浮以对的加百列，进行了好一番推测后，大天使才接着说道：

"该怎么说呢，我们好歹也是天使。或许我们确实是想削弱魔界那些恶魔的力量，为了守护安特·伊苏拉今后的和平，还特地把恶魔们引诱出来，带给人们希望……"

"当初我们魔王军将安特·伊苏拉的八成领土收入囊中时，你们都没有任何行动，现在居然还有脸说这种话。"

"说得也是。"

"你们不可能只为了抹杀区区的马纳勃郎西族头目而暗中行动。否则，你们只要在日本趁机偷偷干掉我和魔王大人就行了……加百列，你到底有什么目的？"

"嗯？什么意思？"

"你只要再这样继续拖延时间，让艾米莉娅赶来这里与我和马纳勃郎西族大战就行了。这么一来，至少能让拥有魔力的恶魔数量锐减，也能让安特·伊苏拉的人类重拾希望。不过……你并不打算让事情这样发展下去。"

"为什么你会这么认为？"

"有很多原因。例如你让我看到外面的景象，又给我掌握状况的时间与材料。光从这些情报就能推测出你想利用我和艾米莉娅替你做某件事，而且是为了'天界原本目的'以外的其他目的。"

"看来，你真的不是一个只会在超市烦恼鸡蛋尺寸的男人啊。"

"你这家伙……到底是躲在哪里偷看这些的，肮脏的鼠辈。"

刚刚一直态度毅然的艾尔西尔，竟为这件事首次感到动摇。

加百列苦笑了一下，坐在阳台边缘眺望苍天盖城底下的城镇。

"不好意思，对于艾米莉娅和你，我都没什么期待。如你所想，这场闹剧表面上是为了让你和马纳勃郎西族一起被艾米莉娅打倒。能连诺尔德·由斯提纳一并找到实属侥幸。你可以试试让勇者艾米莉娅再次打倒宿敌恶魔大元帅，拯救安特·伊苏拉，并安排她与失散多年的父亲进行命运的重逢，绝对能够感动全美，一举拿下奥斯嘉奖（注：恶搞"奥斯卡奖"）。"

"……"

"然后啊，我也差不多厌倦这种闹剧了。"

"呃？"

"我很害怕啊。耶索德也好，格布拉也好，他们原本就不是我们可以干涉。我把你从日本绑来这里时就遇到了已经成形的'黑'之血。她超恐怖的！我还真以为自己会死呢。"

"已经成形的黑？"

"我啊，想拯救天界。"

"你在说什么？"

艾尔西尔以低沉的声音反问：

"天界又没受到什么人的侵略。"

"说得也是。"

加百列苦笑着：

"天界现在正打算重蹈覆辙，他们想将曾经唯一的一次机会称为'大灾厄'，并当成什么都没发生过，只是为了享受现在这种怠惰的和平。不过令人难过的是，光靠我一个人的力量根本成不了气候。即使我是个这么强的帅哥，面对多数暴力时还是无计可施。"

"……"

"刚才那里是吐槽点哦。不过啊，就算是那么无可救药的家伙，对我而言，他们还是我无法舍弃的伙伴。无论再怎么愚蠢、怠惰、傲慢，终究是共同生活了一万年时光的伙伴啊。"

"一万年也太夸张了吧。就算是恶魔,也没有人能活到四千年以上。"

"你真的完全不会配合搞笑呢。"

加百列发自内心地笑道,接着跳下阳台边缘活动筋骨。

"我只想拜托你一件事情。等艾米莉娅来到这里后,希望你尽可能地拉长与她战斗的时间。考虑到缓冲时间,希望你能跟她战个两天以上。"

"……"

加百列拍了一下艾尔西尔的肩膀后,便缓缓离开。

艾尔西尔仅以视线追着他的背影。

"第一次见面时,我原本对他完全没有任何期待。因为他打算轻易牺牲自己的性命。不过……在'那个世界'生活的期间,他应该也以自己的方式思考了很多吧。"

"什么意思?"

"等了两千年,才终于有新的'大魔王'诞生。这次或许是最后的机会了。"

加百列那一如往常的悠哉声音,就这样消散在吹过顶楼的风中,没能传到艾尔西尔的耳中。

※

"可恶,为什么?为什么事情会变成这样?"

一道尖锐的叫喊声撼动了苍天盖。

"奥尔巴跑哪儿去了?为什么还不回来?"

尽管身高只比普通的成年男性略高一些,但说话者披在身上的披风还是完全藏不住左右两边如镰刀般细长的利爪——这

是他身为马纳勃郎西族的证明。

他的利爪长度远胜普通马纳勃郎西族恶魔,且宛如洗练的镰刀般强大又美丽。这人正是马纳勃郎西族一族的现任首席头目,巴巴利提亚。

"冷静点,巴巴利提亚大人,就算大吵大闹,状况也不会改变。"

"闭嘴,法雷!你叫我怎么冷静得下来!"

名为巴巴利提亚的马纳勃郎西族以翻倒坐椅的气势起身,挥挥利爪宣泄心中的焦躁。

另一位马纳勃郎西族,则是曾带着格布拉的化身——伊尔恩,在日本与真奥等人对峙的年轻头目,法法雷路罗。

他一面劝谏着一族之长的巴巴利提亚,一面俯视被破坏的会议桌,轻轻叹了口气。

"拉贵尔!你不是跟他一起行动的吗?奥尔巴消失到哪儿去了?"

巴巴利提亚无视法法雷路罗,转而瞪向另一位以不雅姿势坐在桌子对面的爆炸头男子。

"我也不知道啊。"

"别开玩笑了!你怎么可能不知道!"

"就算你这么说,我不知道就是不知道。话说回来,现在这状况也太糟糕了吧?无论奥尔巴在不在,都无法改变你们不利的状况啊。"

"唔……"

在恶魔大元帅马拉库塔去世后,巴巴利提亚接任了马纳勃郎西族总头目一职。他瞪着被自己破坏的会议桌,俄福萨哈全国地图正缓缓滑落。

"法伊冈和古因范那里到底发生什么事了？"

巴巴利提亚咬牙切齿地踩烂那张全国地图。

"唉，至少可以确定，发生了非常不妙的事情。"

拉贵尔维持跷脚的姿势，动也不动地俯视被巴巴利提亚踩着的全国地图。

"那么，你打算怎么办？据留在皇都的八巾骑士报告，马纳勃郎西族的头目里，除了在异世界日本身受重伤后留在苍天盖城静养的科维库克，就只剩下你们两位咯？"

拉贵尔的声音听起来毫无紧张感。

但这句话还是为巴巴利提亚和法法雷路罗的表情蒙上了一层阴影。

"你们的职责不就是在这种紧急状况时辅佐我们吗？"

这一下，连法法雷路罗的口气也开始变得粗暴，不过爆炸头天使还是冷淡地回答：

"我们对紧急状况的解释不太一样。第一，我们一开始就说好侵略安特·伊苏拉的任务全权交给你们处理，对吧？要不然对魔王撒旦实在太不好意思了。第二，虽然我们的确说过会帮忙安排你们的再度侵略，但从来没说过要很积极地照顾你们哦。"

"你、你这家伙……"

"而且我们该做的都已经做了。我们不但让能充当你们总帅的恶魔大元帅艾尔西尔回到这里，连你们想要的另一把圣剑的持有者，勇者艾米莉娅的父亲都带回来了。都做到这个地步了，你们还想说光靠自己什么都做不到吗？"

听到艾尔西尔的名字，巴巴利提亚露出略微放心的表情，但法法雷路罗反而面露消沉之色。

"当初果然应该遵照魔王大人的指示……"

"法雷,你说什么!"

"没事。"

"总而言之,当务之急是确认多拉奇耶切诺和斯科尔亚米诺尼是否安然无恙,并且调查那支从法伊冈出师,朝苍天盖进攻的军队的真面目!法雷,你先飞到现场确认状况……"

正当巴巴利提亚下达这个称不上经过深思熟虑的指示时——

会议室沉重的大门被推开,一名男子现身,与此同时,巴巴利提亚和法法雷路罗都不自觉地摆正姿势。

拉贵尔还是一样动也不动,不过表情也略显紧张地看向打开的大门。

"艾……"

"艾尔西尔……大人……"

"简洁地跟我说明一下状况。"

艾尔西尔以低沉的声音简短说完,仅动了一下手指,刚才被巴巴利提亚破坏的会议桌和变得皱巴巴的全国地图便立刻恢复原貌。

"艾、艾尔西尔大人,我已经从法雷那里听说了异世界日本的详情,您现在应该很生气,但我等马纳勃郎西族一族绝对没有背叛魔王撒旦大人的……"

"我要你们简洁地说明状况。"

在恶魔大元帅威严的震慑下,第二代魔王军首领巴巴利提亚本想毕恭毕敬地辩解几句,结果马上就被艾尔西尔短短的一句话打断。

"艾尔西尔大人,由我来说明吧。"

年轻的法法雷路罗站到复原的会议桌前,代替说不出话的巴巴利提亚开口道。

艾尔西尔在瞥了一眼法法雷路罗那疲惫不堪的表情,才点点头说道:

"你就是那个使唤伊尔恩的……"

"是的,在异世界对魔王撒旦大人与新元帅麦丹劳咖啡师千穗无礼的就是小人。小人愿任凭艾尔西尔大人处置,但请先允许我回答艾尔西尔大人的问题。"

法法雷路罗行了一礼,接着将细长的爪子伸向全国地图。

"我等马纳勃郎西族,与奥尔巴·美亚和来自天界的使者拉贵尔大人一同侵略了俄福萨哈,占据此地,之后还控制了俄福萨哈的主要城市。为了来日恭迎魔王撒旦大人,我们决定夺回撒旦大人那座位于中央大陆的魔王城。为了让策划中央大陆复兴的五大陆骑士团解体,我们特地增强俄福萨哈八巾骑士团的兵力,让他们向全世界宣战。"

"嗯。"

"之后这个策略生效了,人类的骑士团都各自回到原本的大陆进行戒备,中央大陆的防御也因此变得空虚。通过指责西大陆的大法神教会隐藏勇者艾米莉娅的圣剑一事,我们成功地瓦解了各大陆的军事平衡局面,并努力进行离间工作,让人类世界的各个势力无法像过去那样团结一致。"

"那为什么现在你们会陷入困境呢?"

艾尔西尔迅速瞪了一眼笑嘻嘻地看着自己的拉贵尔,再度提出问题。

法法雷路罗以爪子指了地图上的几个地点,同时流利地说道:

"由各头目与其麾下的马纳勃郎西族部队，加上受到我等控制的八巾骑士团共同防守的各城市，在这几天内接连陷落。"

"哦。"

艾尔西尔郑重其事地点了点头，但视线早已不在地图上，转而明显地瞪向旁观事情发展的拉贵尔。

"我们在苍天盖与法伊冈之间的两处据点，分别派驻了头目多拉奇耶切诺与头目斯科尔亚米诺尼，但随着那两位的接连失联，恐怕那位在异世界日本负伤后正于苍天盖接受治疗的利维库克所负责的地区，也早晚会陷落……"

"原来如此。"

艾尔西尔不带任何感情地继续点头，同时看着双臂交叉的拉贵尔。

"总而言之，就是你们笨到被奥尔巴与天界鼠辈的花言巧语所骗，还荒废了我征服过的土地。到头来，别说是夺回魔王城了，反而白白牺牲了魔王撒旦大人的子民。"

"小人无话可说。"

"那、那个，不过，艾尔西尔大人……"

法法雷路罗顺从地低头认错，巴巴利提亚却似乎还想反驳——

"闭嘴，巴巴利提亚！你这个愚蠢之徒！"

结果换来了艾尔西尔的大声怒斥。

"事到如今，我不打算责备你们擅自出兵的事情。毕竟真要说起来，这都要怪我们之前太没用，才会让你们如此义愤。不过，为什么你们不忠实地执行魔王撒旦大人要法法雷路罗转达的命令！魔王大人应该命令过你们折回魔界的。"

"……"

"小人实在……愧对魔王大人。"

"别那么生气啦,他们也是骑虎难下嘛。而且前一阵子,事情的确进行得很顺利。"

"那样正中你们的下怀吧,你这个在暗地里搞鬼的天界鼠辈。"

面对这个看似在拥护马纳勃郎西族的拉贵尔,艾尔西尔依然毫不留情。

"说人家是鼠辈也太过分了吧。说起来,我们这次可是站在你们这边的哦,而且我们真的替你们做了很多准备呢。"

"我已经厌倦你们这些天使演的戏了。虽然我不知道你们想利用我们做什么,但别以为我艾尔西尔会乖乖任你们摆布!"

说时迟那时快,艾尔西尔像雾一般消失,下一秒就出现在拉贵尔身后,以击碎头颅的气势将爪子挥向那颗非常好瞄准的大脑袋。

"嗯?"

然而,他的手臂被人从后方制止。

不仅如此——

号称拥有魔界最硬肉体的艾尔西尔被人以强大的力道握住手腕,而对方居然是一个小孩子。

"你、你是……"

艾尔西尔在回头看见从后方按住自己手臂的淡褐色肌肤少年,惊讶得叫出声来。

黑色的刘海中混杂了一撮红发。

"你就是……伊尔恩?我还以为你是听从法法雷路罗的命令……"

艾尔西尔下意识地怀疑那位年轻的马纳勃郎西族头目是否

意图谋反。

"哦,他啊,只是之前从我们这边借出去的人罢了。这并不表示那位年轻人背叛你,所以放心吧。"

"借出去?嗯?"

这个从"格布拉"果实中诞生的少年——伊尔恩,之前不但弹开与阿拉丝·拉姆斯融合的"进化圣剑·片翼"剑刃,还轻易地击飞了使出全力的铃乃。而现在,连恢复魔力的恶魔大元帅艾尔西尔都无法反抗他惊人的臂力。

面无表情的伊尔恩以令人恐怖的力量放倒艾尔西尔,直接将他扔向后面的墙壁。

"唔!"

尽管勉强避开了强烈的冲击,少年那深不可测的臂力依旧令艾尔西尔感到愕然。

"唉,可能就是因为出借了这个孩子才害他们误会了不少事情,你别太责备他们啊。"

拉贵尔侧眼看向惊讶的艾尔西尔,悠然地起身。

他摸了一下伊尔恩的头发,然后悠然地走到艾尔西尔面前,顶着一颗朋克风爆炸头的黑影邪恶地笑道:

"反正不管你们怎么做,魔界都不会有未来。"

"什么?"

"哎呀,如果你在之后发生的战争中表现得够好,或许结果就难说了。不过……"

对艾尔西尔耳语完的下一秒,拉贵尔和伊尔恩的身体被淡淡的光芒包围,随即就消失了。

"恶魔必须灭亡。这是为了我们的未来。唉,你就好好加油吧。"

艾尔西尔、法法雷路罗和巴巴利提亚三人都只能在原地呆望着邪恶的天使消失。

"这、这到底是怎么回事，拉贵尔那家伙！再这样下去别说是夺回魔王城，说不定我们连俄福萨哈都得一并放弃！"

"打从一开始，你们这些马纳勃郎西族就只有这点器量。"

艾尔西尔活动了一下被伊尔恩甩过的手腕，同时叹了口气。

"虽然不知道除了拉贵尔以外还有几个天使，最糟的状况无非就是即便我跟你们联手，也打不赢他们之中的任何一个人。这下真的是完全任他们摆布了。"

听加百列的语气，天界确实是想利用艾尔西尔与巴巴利提亚做些什么，就连巴巴利提亚他们所组织的第二代魔王军，也都是为了被导向那个目的。

幸存下来的每个马纳勃郎西族头目，实力都远远不及已经阵亡的马拉库塔，可以说自打拥有绝对优势力量的天使们在暗地操纵开始，巴巴利提亚他们的命运就已经有了定数。

"可、可是艾尔西尔大人，我们也很清楚天使们的力量！只要得到圣剑……只要得到圣剑，我们也不用再受他们摆布了。可恶的拉贵尔，居然随便带个来路不明的男人过来，就说他是持有圣剑的勇者艾米莉娅的父亲……"

巴巴利提亚似乎还不明白自己有多愚昧，激动地对艾尔西尔说道。

不过依艾尔西尔的看法，恶魔夺得圣剑这件事几乎是不可能的。

"愚蠢之徒。艾米莉娅持有的'进化圣剑·片翼'并非单纯的武器。那是以诞生自生命之树，构成世界的宝珠耶索德果实为核心所创造的神圣之物。我们这些没有圣法气的恶魔，即使

得到圣剑，也发挥不了任何力……"

"咦？不、不对，艾尔西尔大人，并非如此。"

"什么？"

巴巴利提亚赶紧将手伸进怀里。

"我以为在法雷使唤那个伊尔恩时，您就已经知道了……"

艾尔西尔一看见巴巴利提亚拿出的"那个东西"后，便惊讶得瞪大眼睛。

"能使用果实力量的，绝对不是只有天使和人类。"

巨大爪子的前端放着一颗紫色的小石子。

毫无疑问，那就是艾尔西尔——芦屋四郎至今看过无数次的"耶索德"果实的碎片。

"如您所见，这对我们的魔力也会产生强烈的反应。"

巴巴利提亚微微集中精神，将魔力由爪子注入碎片。

"怎、怎么可能……这、这是……"

一道艾尔西尔已经看惯的淡紫色光芒，居然开始包覆碎片。

巴巴利提亚语速极快地向看傻眼的艾尔西尔解释道：

"我等一开始派查理安特率兵前往异世界日本时，也曾尝试用这块碎片和念话晶球寻找艾米莉娅那把圣剑的行踪。虽然我们的计划因为查理安特没有回来而失败，但这块灌注了魔力的碎片，曾一度与其他的碎片产生共鸣。"

艾尔西尔并没有实际现场看过，但他知道现身于日本千叶县铫子海面上的查理安特，确实持有会对惠美的圣剑产生反应的念话晶球。

艾尔西尔至今只看过惠美使用耶索德碎片，所以自然地深信，只有具备圣法气的人才能使用圣剑和果实。

不过巴巴利提亚刚才揭露的事实完全否定了那个大前提。

"圣剑……果实，并非神圣的东西？"

艾尔西尔像是在说给自己听一般，试图接受这个事实——

"唔！"

他突然想起某件事情。

就在这个瞬间，他总算参透了加百列在苍天盖阳台时提到的"加百列个人目的"的其中一点。

"巴巴利提亚，法法雷路罗！"

"是！"

"诺尔德·由斯提纳……跟我一起被带来的艾米莉娅的父亲，现在人在哪里？"

"是，那个，他被监禁在苍天盖城的其中一个房间……那个人，真的是艾米莉娅的父亲吗？"

"连持有耶索德碎片的你都这么怀疑，这说明……"

艾尔西尔的脑中突然闪过某个光景——

大雨中的Wira·Rosa笹塚。

在当时的艾尔西尔看来，被真奥踢进房间的诺尔德怎么看都只是一个普通的人类。

然后真奥便跟一位银发少女，一同消失在天空里。

"诺尔德没带着圣剑吗？"

"正、正是如此……"

猜不透艾尔西尔心思的巴巴利提亚和法法雷路罗只能面面相觑。

至今获得的所有情报，包括刚才得到的重要情报在内，都在艾尔西尔脑中复杂地交错。

他沉默地思考了一会儿。

"虽然还是猜不透他们的目的，但我知道加百列想在这里

干些什么了。"

"咦?"

艾尔西尔重新在脑中整理情报,然后不悦地咋了一下舌。

"真是太没用了,难道除了任由他摆布以外,就没有其他方法来解决这个状况了吗?"

"怎、怎么了……"

艾尔西尔走向会议桌,沿着地图指示。

"简单地说,目前正在杀害你们的头目攻向苍天盖的,就是勇者艾米莉娅。"

"艾、艾米莉娅?"

"艾米莉娅不是在异世界日本吗?"

"艾米莉娅回到安特·伊苏拉已经好几个星期了。天使们和奥尔巴·美亚用了某种方法逼艾米莉娅就范,举兵向这个皇都进军。而他们的目的,就是让艾米莉娅在这里杀了我们。"

"您说什么?"

"到、到底是为了什么?"

"根据我的推测,拉贵尔与天界本来的目的应该是让魔界继续弱化,并借着讨伐恶魔之际提升安特·伊苏拉居民的信仰和希望。"

艾尔西尔看着俄福萨哈全国地图,上面标示着那个"神秘势力"接连击倒控制俄福萨哈的马纳勃郎西族头目的进攻状况。

"可恶的艾米莉娅……亏她之前还大言不惭的,结果还不是让自己陷入这些麻烦……"

"艾尔西尔大人?"

"巴巴利提亚,我回来这里后,已经过了几天?"

"是?呃,那、那个,以这里的时间来算,是七天。"

"七天啊……嗯。"

艾尔西尔在脑中快速地整理状况。

加百列的事情先放在一旁,既然拉贵尔和奥尔巴的目的是让惠美打倒艾尔西尔,那么在艾尔西尔取回魔力,恢复恶魔形态之前,他们应该不会进攻苍天盖。

反过来说,既然艾尔西尔现在已经觉醒,那么不难想象,拉贵尔应该会与奥尔巴联系,要他将行军路线改成前往苍天盖。

既然不知道除了加百列和拉贵尔以外还有多少天使,就算艾尔西尔已经恢复了恶魔形态,还是不能轻举妄动。

虽然不知道理由,但惠美之所以乖乖加入奥尔巴的军队,应该是和艾尔西尔一样,陷入了单凭力量无法解决的困境。

不可思议的是,艾尔西尔竟然在认真检讨有没有能抢先天界一步,和惠美共同突破困境的方法,但他本人完全没有自觉。

"艾尔西尔大人……"

法法雷路罗担心地看着沉默不语的大元帅。过了一会儿,艾尔西尔开口说道:

"魔王大人这星期的排班是星期一早班,星期二晚班,星期三上一整天,星期四午班兼下午店长代理班,星期五上午班直到打烊,星期六休息,星期天整天。然后下星期一又是休息,星期二早班……"

"咦?"

艾尔西尔说出一连串对两位马纳勃郎西族而言十分陌生的奇妙话语。

"法雷,艾尔西尔大人怎么了?"

"不、不知道……我只知道那好像是异世界的语言……"

无视两个马纳勃郎西族的窃窃私语,艾尔西尔继续思考着:

"关键是他能不能找到人在星期天代班一整天和星期四的店长代理日。那天其他员工的出勤状况应该也不密集。最好还是判断魔王大人最快要到星期四下午以后才采取行动吧。"

在Wira·Rosa笹塚的那场骚动发生之前,艾尔西尔就已开始着手进行让真奥去追惠美跟阿拉丝·拉姆斯的准备了。

若大黑天祢将艾尔西尔的话正确转达给真奥,那么真奥一定会采取行动。

"就算多一秒也好,只要我们能活下去……巴巴利提亚。"

"是、是!"

突然被人点到名的巴巴利提亚,慌张地端正姿势。

"统一苍帝怎么了?你们该不会杀了他吧?"

直到现在,艾尔西尔还没看见位居东大陆,即大帝国俄福萨哈顶点的绝对权力拥有者——统一苍帝的身影。

"是,那个老人是俄福萨哈的象征,在向全世界宣战时是至关重要的人物,所以为了避免他受到我等恶魔的魔力影响而死掉,我们派了懂得施展法术结界的正苍巾骑兵随侍在侧,将他软禁在苍天盖城的小·天守'云之离宫'。"

"嗯,以你的能力来说,算是不错的判断。"

艾尔西尔点头。

"我有话要跟统一苍帝说,给我带路。"

"咦?可、可是……"

"不必担心那些天使的事情。"

艾尔西尔深信不疑。

"我就暂时任由他们摆布,以演员的身份工作一下吧。"

虽然心中疑惑,但两名马纳勃郎西族头目还是顺从地带艾尔西尔前往小天守。屋顶上的加百列看着他们的样子露出了苦笑。

"以演员的身份工作？好吧，我知道了。不过相对地，这支舞你可得好好跳哦。"

轻轻拍了一下手后，他的身影瞬间当场消失。

续章 魔王，呕吐

隔天早上，铃乃被一道拍打自己脸颊的冲击弄醒了。

一开始她还以为自己又被亚西艾丝不雅睡姿弄醒而无奈地睁开眼睛——

"嗯？"

因此，当她在阴暗的帐篷内发现真奥的脸时，以为自己的心脏会从嘴巴里蹦出来，吓得整个人都跳了起来。

"魔……唔嗯！"

铃乃差点就要大喊出声，不过她的嘴巴马上就被真奥用手捂住。

"唔？"

铃乃无法理解真奥的行为，脸色也一下变白一下变红。

铃乃也知道昨晚的行动不符合自己平常的作风，但没想到居然会奇怪到让真奥也跟着做出这种奇怪的举动，害她陷入一阵恐慌。

真奥还将脸凑到她的耳边，这更是让她差点彻底窒息。

"别出声，有人在靠近这里。"

这句话让铃乃瞬间冷静了下来，并以眼神表示自己已经了解状况。

或许是因为没睡好，真奥的眼睛周围冒出了一圈淡淡的黑眼圈，不过现在不是关心这种事的时候。

"肉……巧克力做的腌菜……用微波炉的油解冻生鱼片……唔嗯咕。"

真奥捂住亚西艾丝的嘴,打断她那不知做着什么梦的梦话,然后以眼神与手指示意铃乃。

原本整个人塞在睡袋里的铃乃趁这个机会伸出手脚,拔下发簪进入警戒态势。

铃乃的长发从睡袋开口散了出来,搭配睡袋上色彩鲜艳的设计,与其说像蓑衣虫倒更像是食虫植物。确认铃乃已经进入备战状态后,真奥便从帐篷的空隙向外窥探。

"是敌人吗?"

"这种状况下如果还有同伴能来,我会非常欢迎的。"

铃乃与真奥低声交谈。

"不过我心里没什么底,如果是单纯路过的旅人就好了。"

"看来不太可能呢。"

铃乃紧紧握住发簪,以便随时能将它化为巨锤。

不会再听漏的脚步声,正从朝雾弥漫的森林向他们靠近。

听那脚步声似乎只有一个人,但难以想象有哪个旅行者会个性古怪到没事跑进森林闲逛。

"亚西艾丝在睡着的时候也能发挥功能吗?"

"除了被吵醒后会一直抱怨以外,我想应该没问题。"

真奥看来也不太乐观。

脚步声的主人完全没有隐藏声音的意思,径直踩过树下的草木,朝真奥等人的帐篷前进。

是外出巡逻的八巾骑士团,还是在发现真奥等人的行踪后现身的天使或恶魔呢?

不管是谁,想必都无法避免来一场战斗。摩托车和大部分的露营用具估计也只能丢在这里了。

明明离皇都已经不远还遇上敌人,他们的运气实在是太背

了。就在真奥与铃乃快放弃的时候——

"这个是叫……摩托车吧？"

真奥与铃乃都没漏听这低沉的男声所讲的奇特字眼，而且真奥对这个声音有点印象。

虽然对方说的是安特·伊苏拉的语言，但他的话里好像提到了"摩托车"这个词来着？

"啊……呃……谁在那里？"

做了一下发声练习后，男子嘴里吐出的明显是日语。

"是魔王，艾尔西尔，路西菲尔，佐佐木小姐，还是那个叫克丽丝蒂娅·贝尔的家伙？"

"什……"

此时的铃乃比刚才一起床就在近距离看见真奥的脸还要惊讶。

无论是在安特·伊苏拉还是日本，能用日语说出那五个名字的人应该寥寥无几。

"虽然不晓得是怎么回事……"

真奥似乎也有相同的看法，他将手抽离亚西艾丝的嘴，放松了警戒。

"他好像不是敌人。"

真奥将身体探出帐篷，像是在回应对方的呼叫般，铃乃也连忙紧跟其后。

这名早晨的不速之客拥有宛如森林树木般强健的体魄与饱经日晒的肌肤，高大到需要让人抬头仰望。然而不知为何，男子一看见铃乃就皱起眉头摆出架势。

"喂、喂，那家伙是谁？新种恶魔吗？"

"谁、谁是新种恶魔啊！"

铃乃出声抗议道。

"嗯，我能体会你的心情，她这模样确实很怪。"

真奥看向自己身后那个长着一张铃乃的脸且情绪激动的食虫植物后，重新转向男子说道：

"话说回来，会在这种地方碰上你，不是偶然吧。我们绅士地交换情报吧，阿尔华德·安迪。"

"哦、哦……不、不过那家伙真的不是恶魔吗？"

"你还说！"

这位惠美讨伐魔王时的伙伴、北大陆出身的仙术道士——阿尔华德·安迪点头回应，不过比起身为魔王的真奥，装扮奇特的铃乃似乎更让他警惕。

"话说回来，为什么你可以像瞄准目标一样找到这里啊？"

真奥叫醒说梦话说到自己都快变成食物的亚西艾丝，又等铃乃换掉睡袋后，一行人重新与阿尔华德对峙。

"呃，我不是瞄准好才来的。"

阿尔华德困惑地看着刚起床的蓑衣虫亚西艾丝，指着树荫底下的摩托车说道：

"我是听说有一行人穿着大法神教会的法衣，开着奇怪的货车，所以才循着那个传闻找过来的。刚好在昨天追到了这里。"

"我们那么引人注目吗，甚至变为传闻？"

真奥与铃乃忍不住对望了一眼。

虽然两人在旅途中已经尽量避开村落，也小心着他人的眼光，不过看来还是无法完全不被看到。

"不，我只是从目前俄福萨哈流传的各个传闻中，凭直觉

挑一个而已。我想你们应该也没那么引人注目。"

阿尔华德挥手让两人冷静下来。

"俄福萨哈的人民现在比被魔王,也就是被你侵略时还要不安。如果三两下就被恶魔征服,至少还能先想好未来要怎么办,但目前只有皇都苍天盖那边传出被恶魔控制的消息,国内情势本身倒是没太大的变化,到处都散播着无关紧要的传闻。"

这消息倒跟昨天那位餐馆老板娘说的大致符合。

"传闻最多的是在哪里看见了恶魔,不过大多都只是把野生动物误认为是恶魔,或是一些犯罪者在互相吹牛。所以,在那些传闻中听见'货车'这个词时,我就想到曾在你们的世界……这样说好像也有点奇怪,应该说,曾在日本见过一模一样的东西。反正我也有事前往苍天盖,所以就想顺便调查看看好了。"

阿尔华德坐在一棵倾倒的树木上,上半身稍微往前倾,以锐利的眼光看向三人。

"你们是来救艾米莉娅的吗?"

"没错,不过在那之前,我想先问一件事,艾美拉达小姐到底怎么了?"

铃乃一面对阿尔华德的话表示肯定,一面提出质问。

"在无法与艾米莉娅取得联络后,我马上就以概念传送联络了艾美拉达小姐。不过艾美拉达小姐一直没有回讯,一直到我最近在日本得知某个情报后,我们才知道艾米莉娅有可能被人软禁在这里。"

"啊……关于这部分有点复杂呢……"

阿尔华德挠挠头继续说道:

"简单来说,就是艾米在与艾米莉娅约好会合的那天,收到了圣埃雷帝都送来的召唤令。"

"从帝都来的召唤令？"

"嗯，原本艾美是打算以视察艾米莉娅老家附近的复兴计划是否有不正当操作的名义来迎接艾米莉娅的……"

"结果被发现了吗？"

"不，从某方面来说，比被发现还糟。"

阿尔华德指了指铃乃身上的法衣。

"你们那边的人有所行动了，艾美被盖上反抗教会意志的背教者烙印，他们好像勉强隐瞒了奥尔巴的不正当行为。所以她必须去帝都的大教堂接受宗教审判。"

"居然在这种时候？"

铃乃无法接受这个说法。

早在铃乃前往日本之前，艾美拉达与阿尔华德就开始反抗教会了。

在那之后也不知过了几个月，为什么教会要在现在才急着控制艾美拉达的自由呢？

"我和艾米莉娅表面上的安全之所以有权力保障，都是托艾美现在这个立场的福。无论要对战还是服从，她都得先回去一趟。所以我才想既然如此，就由方便自由行动的我代她去和艾米莉娅会合……"

阿尔华德露出阴沉的表情，面向西南方的天空，也就是苍天盖的方向。

"在离艾米莉娅的村子还有半天路程的地方时，我感应到在艾米莉娅村子里开启了多个'传送门'。我急急忙忙赶过去，发现有些怪家伙似乎想对艾米莉娅故乡的村子和农田下手。"

"那些人是恶魔或天使吗？"

　既然阿尔华德会用"怪"来形容，那么那些人应该是真的很怪吧。但阿尔华德摇头回答了真奥的问题：

　"不，那群人是附近卡希亚斯城塞派来的教会骑士。"

　"我记得卡希亚斯城塞那里设有直属于教区主教的大教堂……那里的教会骑士为何会去艾米莉娅的故乡？"

　铃乃搜索着记忆问道，阿尔华德又摇了摇头答：

　"我也想知道。不过既然对手是教会骑士，那我也没办法轻举妄动了。于是我开始调查那个能将圣法气活性化到开启那么多个'门'的场所到底在搞什么跪，结果发现那里在进行地质检测以便推动那一带的复兴工程。这真是太奇怪了。因为艾美明明是因为复兴延迟才去视察的，结果她一回帝都就出现异常的'门'反应，然后那里现在又开始进行不合理的地测。当然，那里完全找不到艾米莉娅的踪影，这么说好像有种没戏的感觉，不过我真的花了两天在那附近找了。"

　阿尔华德摊开手叹口气后，接着说道：

　"既然联系不上艾米莉娅，我想还是先听从艾美的指示比较好。不过我一回到帝都，就发现艾美管辖的法术监理院已经被近卫将军丕平下令封锁了。表面上的理由似乎是为了防止艾美在审判期间内以不正当的方式处理证据，但这样一来，能开启'门'的天使羽毛笔也连同建筑物被一起扣押了，害我在移动上花了不少时间。"

　"原来如此，难怪她无法跟我联络啊……"

　阿尔华德点头回答铃乃。

　"嗯，你原本是受教会的秘令待在日本吧？要是跟你联络时一个不小心被发现，或许会替你们添麻烦。虽然艾米莉娅也叫我带着这个……"

说着，阿尔华德从上衣口袋拿出一部造型和惠美的极为相似的薄型手机。

"我当时真是后悔极了，居然没事先跟艾美要你的电话号码。不过要是随随便便对日本放出声纳，真不晓得会被谁听见。"

"好，那么为了方便今后，我们趁现在交换手机号码吧。"

虽然现下时机不太对，不过真奥和铃乃还是各自拿出手机，准备询问阿尔华德的手机号码。

然而理所当然的，先不说真奥和铃乃的手机，阿尔华德那部也是在好久以前就没电了。

虽然没电的手机还是能做为概念传送的增幅器来使用，不过手机里没有记录号码，或许也会影响到法术的安定性。

真奥与铃乃见机不可失，便拿出之前在争执不休后买下的收音机和太阳能电池，以及能给真奥那部老旧手机充电、附带手摇式充电器的LED手电筒，替阿尔华德的薄型手机充电。

明显不习惯操作的阿尔华德，对机器生疏的铃乃，以及摸不惯最新机种的真奥在吵吵闹闹地试了好一段时间后，总算顺利交换了所有人的电话号码。

"真好，大家都有手机。我也想要。"

"你看起来就是那种会不小心到处登录付费网站的人，就算要买也只能买儿童用的。"

"唔……不过如果你愿意买这种给我，我也勉强接受了。"

亚西艾丝羡慕地看着三人的手机，而且真奥明明没说要买给她，亚西艾丝却觉得他已经答应了。

"那么阿尔华德，为什么你要到俄福萨哈去啊？"

"很简单。因为只有苍天盖周边充满了巨大的圣法气反应，感觉像是有战争。当然我也派了个人的部下到北大陆和南大陆

去看看,不过考虑到艾米莉娅的失踪,我觉得这里还是由我直接去调查比较好……既然你们会在这里,就表示我的直觉是对的了。"

"嗯,没错,惠美现在就在皇都苍天盖。不对,正确地说,应该是接下来会出现在那里。"

"我姑且问一下,你们的根据是……"

"被凭直觉行动的你问根据何在,感觉真有点不爽。我们是直接跟那个在背后牵线的混蛋问来的。"

真奥以右手的大拇指与小指做出打电话的姿势。

"阿尔华德,我也有很多事想问你,不过现在你还是先跟我们合作吧。我想你应该也知道,事情恐怕不是光救出惠美就能解决的。说来惭愧,其实我这边的芦屋……就是艾尔西尔,也被抓走惠美的那群人的同派势力绑架了。"

"啊?艾尔西尔被绑架了?"

阿尔华德挑起眉毛,一副难以置信的样子。

"我再告诉你一件更令人难以置信的事吧。惠美的爸爸诺尔德·由斯提纳,也和艾尔西尔一起被绑走了。"

"嗯啊?艾、艾米莉娅的爸爸?那、那是……"

"顺便告诉你,这个从刚才开始就一直羡慕地看着手机,还想抢走我手机的孩子……"

"咿?真、真奥,对不起,我道歉!"

真奥揪住想擅自操作自己那部手机的亚西艾丝的脖子,将她整个人提了起来。

原以为会挨骂的亚西艾丝缩起了身子,但真奥只是把她推到阿尔华德面前,大声地宣告:

"这孩子……就是另一把圣剑的化身。"

"啥?"

"咿欸欸欸欸欸!"

"明明在讨论正经的话题……"

阿尔华德凝视着像小猫般被真奥拎起来、外表看起来色彩鲜艳的亚西艾丝·蓑衣虫。

这一奇妙光景连身为当事人之一的铃乃,都忍不住感到疑惑。

"如果我的想法正确,设计这场闹剧的人应该是想利用惠美和芦屋,将世界引导到对自己有利的方向。我最讨厌那种从一开始就不想弄脏自己手的人。"

"真、真奥,你先放我下来……"

"光靠我们可能有点棘手,不过如果阿尔华德愿意协助我们,这趟旅程应该会轻松许多。那些家伙擅自摆弄我们的伙伴,那我们就一起捣乱他们的闹剧吧。"

"要捣乱是可以啦,不过那女孩……莫非就是之前提到过,跟惠美的圣剑融合的……"

"不、不对。她和阿拉丝·拉姆斯是两个不同的存在。可以说这女孩本身就是另一把圣剑的核心。"

"虽然我不明白人类怎么会变成圣剑的核心,姑且先不论详细的构造,还存在另一把'进化圣剑·片翼'这件事我倒是理解了。不过应该不可能是给魔王使用的吧。贝尔,另一把是你在用吗?"

"咦?不,我……嗯?"

阿尔华德会这么问也是理所当然,但这个出乎铃乃意料的问题,让她不自觉地看向真奥的脸。

真奥是行使魔力的恶魔之王,一般人听说跟惠美的"进化

圣剑・片翼"相同，自然都会认为那东西是以圣法气为媒介发动的。

不过铃乃曾经亲眼目睹真奥使用一种既非魔力也非圣法气的力量挥舞圣剑，就像惠美与阿拉丝・拉姆斯那样，真奥与亚西艾丝・安拉无疑也是以耶索德碎片为媒介融合了。

"嗯？咦？等等，好像，好像有点怪怪的。"

"怎么了，铃乃？"

"呃，感觉我好像遗漏了什么重要的事情……"

真奥疑惑地看着手抵额头陷入沉思的铃乃——

"总之看过包你吓一跳。亚西艾丝，变成剑的形态吧。"

"啊，嗯，不过我身体状况好像不太行，可能会失败。"

"身体状况？你该不会是吃太多，吃坏肚子了吧？"

"才不是那样！真没礼貌！哎呀，自从来到这个国家后，就觉得肚子很容易饿，一直无法进入状态。"

在被真奥拎着的状况下，亚西艾丝一会儿转转脖子，一会儿活动肩膀，最后才点头说道：

"总之不撞撞看，怎么知道会不会扭伤呢！我先回去一下哦。"

"不，别扭伤了……"

亚西艾丝以不吉利的方式引用了一句错误的成语，而趁着真奥吐槽的空当，少女的轮廓已经开始放出一层朦胧的光，在下一个瞬间便化为紫色光点返回真奥的身体。

"哦？刚才那个的确是艾米莉娅的……"

阿尔华德惊讶地探出身子。

真奥一面想象阿尔华德在下一秒会露出的吃惊表情，一面伸出右手。

"出来吧！亚西艾丝！"

他一鼓作气将意识集中在手掌，刚才的光点便在右手凝结，然后——

"咦？"

最先发出疑惑之声的，是先前夸下海口的真奥本人。

"那是什么？虽说是圣剑，但感觉还挺……"

看到出现在真奥右手的东西后，阿尔华德也跟着皱起眉头。

"喂、喂，亚西艾丝，这是什么，为什么会变成这样？"

"哎呀，为什么呢？"

面对真奥的问题，在脑中响起的亚西艾丝声音也难得很正经地带着困惑。

"我明明使出全力……"

"不、不可能吧。应该是再夸张一点的剑才对啊。"

"怎么了，魔王？"

还没解决自己内心疑问的铃乃抬起头问道，但真奥也只能以无奈的表情回视。

这也无可奈何的。

因为出现在真奥手上的"圣剑"，仅仅是一把穷酸至极的水果刀。

剑柄的部分姑且还镶有貌似耶索德碎片的宝石，但剑身看起来就跟笹塚一百日元商店卖的刀子没什么两样，刀柄也很短，还不及真奥的手掌宽度。

在笹幡北高中展现出的神圣与力量，让人深信"这就是另一把'进化圣剑·片翼'"，如今这些却都不见踪影，除此之外——

"唔！"

真奥突然皱起眉头，捂住嘴巴。

"怎、怎么了,魔王?"

真奥一下子变得脸色苍白,脚步不稳地往后倒,铃乃赶紧上前撑住他的后背。

即使被铃乃搀扶着,真奥还是不得不原地跪了下来。

"啊,糟了。"

说完这句话后,真奥突然挥开铃乃的手,走向森林深处。

"魔王?"

"喂喂喂,那家伙怎么啦?"

铃乃和阿尔华德看着真奥快速冲进森林的树荫处,没过多久——

"唔嗯嗯嗯嗯嗯嗯嗯嗯呕呕……"

早晨的清爽森林里响起一阵与极不和谐的呻吟声,还有一个好像连不该出来的东西都跑出来、令人不忍听闻的湿润声音。

"……"

先是夸下海口,接着圣剑现形失败,再来又是消化器官突然出现逆流,这一串连锁现象让铃乃和阿尔华德只能束手无策,惊讶到说不出话来。

最后,在传出一阵连不该出来的东西都倒得一干二净的声响之后,脸色苍白的真奥总算在实体化的亚西艾丝搀扶之下,从森林深处走了出来。

"你、你没事吧?"

"我看起来……像没事吗……唔嗯呕!"

边呕边泛泪的真奥将手抽离亚西艾丝的肩膀,当场坐倒在地。

"亚西艾丝,这到底是怎么回事?"

见真奥已经人事不省,铃乃担心地向俯视真奥的亚西艾丝问道。

"嗯……我也不是很清楚，只是有种只要一出力就会被发卡的感觉。"

"被发卡……是指被拒绝的意思吗？"

弄懂亚西艾丝那句年轻人用语后，铃乃来来回回看着亚西艾丝与真奥。

"谁拒绝了你？"

亚西艾丝不经意地垂下视线。

"那个，当然是真奥啊。"

"啊啊？是我吗？"

真奥仰望亚西艾丝，一副好像随时会断气的样子。

"明明就是我叫你出来的，为什么会变成是我在拒绝你啊……"

"我不知道。不过我就是有那样的感觉。我有点受到打击呢。明明我们之前就那么投缘。"

"你这丫……唔！"

真奥原本想将看起来一点儿都不觉得事态严重的亚西艾丝痛骂一顿，但胸口的反胃感实在压制不住，又开始呕了起来。

"虽然我有点搞不清楚状况，总之就是你没办法使用圣剑，对吧？"

目睹了整个过程的阿尔华德为难地问道。

"好像是……这么一来，事情就麻烦了。"

根据铃乃的印象，真奥在获得亚西艾丝的力量后会变成极为强悍，从他能单方面击败大天使这一点来看，应该是拥有几乎与惠美同等，甚至是强于惠美的力量。

要是他们碰上在俄福萨哈暗中活动的天使且免不了一战

时,无法使用圣剑的魔王或许会有战力不足的风险。

不过从另一方面来看,真奥在笹幡北高中初次获得那股力量时明明就可以运用自如,自那之后直到今天,身体也没出现过什么异状或不适,亚西艾丝的实体化与融合也总是很顺利。

"嗯?"

铃乃脑内再次响起原因不明的警钟,她意识到自己又漏掉了某件重要的事情。

依次看向脸色苍白的真奥,悠哉的亚西艾丝,以及不好意思插嘴的阿尔华德后,铃乃拼命地、拼命地思考。

"啊……可恶,怎么会变成这样?明明在今天之前都没什么变化……"

就在脸色稍有恢复的真奥如此抱怨之时——

"嗯?"

铃乃抓到了这个大疑问的线索。

没错,打从一开始她就该觉得奇怪的。可她竟然没有发现那个异状。

这是为什么?

因为铃乃与眼前这个名为"真奥贞夫"的"人类"实在是相处得太久了。

"魔王,明明你已经回到了安特·伊苏拉……为什么没变回恶魔形态?"

"啊?"

"就算没变身……魔力的情况又如何?你的魔力可有恢复?"

"啊。"

听到铃乃以颤音提出的问题后,真奥倒抽了一口气。

"咦、咦？没错，我的……魔力……咦？真奇怪？"

两人似乎总算发现这件事情的严重性，原本好不容易恢复的脸色再度变得苍白。

魔力并未回到真奥的肉体。

安特·伊苏拉确实是人类的世界，但即使如此，魔王撒旦在这个世界应还是能经常足够的魔力来维持恶魔形态。

在魔力恢复后，只要本人没有特别去意识身体的状态，应该会自动"变身"成"魔王撒旦"才对。

真奥慌张地摸着自己的腿部和脑袋，在确认肉体构造完全没发生任何变化后，不禁大感愕然。

"是因为亚西艾丝的力量吗……"

"不晓得呢。"

亚西艾丝彻底一副不负责任的模样，但就算逼问下去，真奥也不觉得能从她口中问出魔力没回到自己身体的原因。

看着真奥惊慌失措的样子，铃乃又再度发现一件重大的事情，继而看向亚西艾丝。

"魔王，你是在日本跟亚西艾丝进行融合的吧？"

"嗯、嗯……"

这个问题可是会为所有与上一次魔王军的安特·伊苏拉入侵战有关的人类与恶魔带来冲击。

"那么，为什么拥有魔力的魔王能够与圣剑……与耶索德碎片融合呢？"

——待续——

后记
——AND YOU——

"如果只能带一样东西到无人岛,你想带什么?"请问各位问过,或是被人问过这样的问题吗?

和原我曾经十分在意"无人岛"这个条件。

虽然只是我个人擅自的想象,不过从"无人岛"这个词来看,一定很多人会先想象出一个位于大海中央的小岛,上面只有一棵椰子树,或者再多一点想象出来的丛林或是动物吧。

不过请等一下。

若是火山型的无人岛,那能这座岛上生长的动植物应该很有限。

若是岩礁型的无人岛,那就很难确保饮用水了。

有些无人岛是位于寒带的,例如北极圈或南极圈的无人岛和赤道上的无人岛,除了"都没有人"以外,两边的所有土地条件几乎都不一样。

明明有那么多模糊的条件,却还只能"带一样东西",这样未免也太乱来了。

虽然应该有些人会觉得,没必要对这种日常对话里的玩笑问答太认真,不过若要认真考虑关于"无人岛"的问答,那么我想这个问题最后该思考的,应该是"当被丢到未知的土地时,应该优先做哪些事情"。

我想表达的是,若各位被丢到了"异世界",那么为了活下去,最重要的东西是什么呢?在撰写本书时,和原我曾经认真地思考过这个问题。

若那里是大气成分、人类以外的有机生命体、地质以及土壤成分等各项条件不适合地球人生存的异世界,那么那个人应该一抵达就马上死亡,所以如果"对地球人进行生命活动不会造成妨碍的环境"这个条件能成立,我想跟大家一起验证被丢到"异世界"时可采取的行动。

最该优先进行的,是搜集跟位置有关的情报。

人是一种在没有任何标的物的情况下,就很难沿特定方向移动的生物。众所周知,若在纯白的雪山上毫无目标地走动,就会变成在同一个地方绕圈圈。只要能掌握方位与气候,就可以确保自己在未知的土地上朝特定方向移动。

在掌握东西南北与气候的概况后,接下来要做的就是确保饮用水。像湖泊与池塘这些死水不适合饮用,所以最好能找到泉水或清流,至少要找到有水流动的河川。

除了确保水以外,河流不但能充当前进时的指标,沿河而建的村落也比较多,因此能提升获救的几率。

再加上动植物都会聚集在河边,获取食材也相对容易。(当然,也有可能遭遇危险的野生动物。)

以这种方式勉强维系生命后,若能成功等到别人或村落的救援,那么您的冒险将以那里为起点而展开。

当然,正如开篇所说的,"无人岛"的条件并不固定,"异世界"的起点有可能是寒带、干燥带,或高山带,这个可能性是不能否认的。所以即使用刚才描述的方式摸索道路,生存几率应该也不高吧?

异世界人类的文明程度也很重要,就算运气好漂流到人口密集区,若当地人类的祖先并非类人猿,那你的前途应该会比较坎坷了。

因此平常就觉得自己会被送到异世界的人，请记得要经常穿长袖长裤，披着外套，随身携带确认方向的指南针、驱虫喷雾和矿泉水。

单凭这几件东西，就能大幅地提升生存率。至于长袖长裤，在寒带的功用自不待言，即使是在遭受强烈阳光持续照射的干燥地带，也能从高强度的日晒中保护好自己的皮肤。

带指南针和矿泉水的原因就无需多提。

当人身在异乡，光是被虫子叮咬也有可能存在生命危险，因此驱虫喷雾也是必须的道具。

只要拥有这些道具，就算是那些从非类人猿生物进化而来的人类，也会将您视为拥有一定文明背景的生物吧。

不过若因为平日里随身携带这些东西而被现代世界的人们当成可疑人物，和原我也概不负责。请各位在进行前往异世界旅行的准备时，也要对自己负起责任。

由于和原我每天都在思考这些事情，所以随着《打工吧！魔王大人》的故事逐渐进展，出现将惠美与铃乃的故乡"圣十字大陆安特·伊苏拉"当成故事主要舞台的剧情也可以说是必然的，或者应该说是无法避免的。

本书的故事发生在两个世界中间的缝隙，这里的人类、恶魔和天使虽然每天都努力生活，但还是会遇到许多不尽如人意的事情。为了完成自己的本分，他们不得不在此拼命挣扎。

《打工吧！魔王大人》这个故事即将进入新的阶段，期待看到真奥贞夫、游佐惠美以及佐佐木千穗后续发展的各位读者不得不再次以这样的形式继续等待，对此我真是深感抱歉。

本集的故事依旧只是个过渡，下一集是值得纪念的第十集，为了让生活在《打工吧！魔王大人》世界里的他们走向新的世界，故事也将抵达一个重要的里程碑。

希望各位读者能在魔王与勇者的旅途上再陪他们走上一段时间。

期待下一集还能与各位见面。

再会！

《打工吧！魔王大人9》卷末特别企划

简历集

Character File 10

简历

拼音	
姓　名	亚西艾丝·密拉 (佐藤爱) 我笔之真奥
外表	年　月　日生（满14岁）性别
拼音	↑　左右
现住址	得调查下生日呢。by千穗 东京都涩谷区笹塚X-X-X Villa Rosa 笹塚201号室 ↑真奥的体力亚西艾丝 亚西艾丝，这可得认真写啊！by千穗
电　话	好想要哦← 喂 by真奥

年	月	学历·职业
		没有←跟我一样耶 by漆原
		↑跟漆原一样，感觉有点可怜呢。by千穗
		↑身为一介恶魔大元帅，与一个跟婴儿无异的少女相比就不觉得羞耻吗？by铃乃

执照	好想要个驾驶执照哦←我说你呀！by真奥
特长·兴趣	望天、看星、散步
求职动机	找姆姆
本人希望栏	和姆姆会合 和大家一起生活／算了吧！by真奥
上班花费时间	随时随地	有无需抚养的亲人	真奥	监护人姓名	佐藤宏

都能上场的！←别这样！by真奥

Character File 11

简历

依古诺拉秘历

拼音	
姓 名	艾美拉达・爱德华 代笔：游佐

1213 年 夏月 日生（满 岁）性别

空个塑划掉吗？ by 惠美

拼音	
现住址	圣埃雷帝都奥雷艾斯区 1-1-1 法术监理院长官官房室

也不知道这么写对不对…… by 麟

为什么连煌耀都被涂掉了↗
↙艾美却有啊！by 麟 谁叫你穷

电 话 080-X▽■X-△○○△ by 瀬

年	月	学历・职业
依历1223年	翼之月	入读圣埃雷帝国宫廷法术学院
依历1225年	树之月	从圣埃雷帝国宫廷法术学院毕业 主席
依历1233年	翼之月	进入圣埃雷法术监理院 ←尖子生啊…… by 千穗
依历■■年	铁之月	就任法术监理院长官 现职

↑就说干吗 塑划掉啦！ by 惠美

执照	宫廷法术师 法术博士 中央交易语言通辞职
特长・兴趣	吃
求职动机	等我回过神时已经当上了
本人希望栏	希望艾米利娅过上幸福的生活 ←这朋友挺不错的嘛 by 惠美
上班花费时间	0分～半天	有无需抚养的亲人 没有	监护人姓名

↑这是什么意思？by 铃乃

←据说是因为回家后早上起不来，
所以干脆住在公司里 by 惠美

Character File 12

简历

拼音	
姓名	猿江 三月

在爱的年面前 年龄 月 日生（满童岁）性别 无意义

拼音	
现住址	东京都涩谷区幡之谷X-X-X 天国宫殿幡之谷302 未来的爱之宫殿
电话	080-♡♡-XXXX

年	月	学历·职业
		天界时候的事就算了吧
平成XX年		潜入森德基炸鸡店　　现职
未来1		与我的女神心灵相通
未来2		合并麦丹劳和森德基，消除与女神之间的隔阂
未来3		静候浓情蜜意的生活
未来4		过上浓情蜜意的生活

执照	收银师二级、会计三级、食品卫生负责人、消防管理人、硬笔技能检定准一级、爱的传道士、女神的未来伴侣
特长·兴趣	女神审美力、插花、感知木崎真弓的存在
求职动机	戳中木崎真弓的心
本人希望栏	与木崎真弓过上浓情蜜意的生活
上班花费时间	徒步10分	有无需抚养的亲人	预计将来全有	监护人姓名	

◎著者：(日) 橙乃真希
◎绘者：(日) 原和弘

扰乱世界的怪物大军与僵持不前的两方关系，这是全体【冒险者】共同面临的挑战！

记录的地平线 1~4 待续

正在进行夏季集训的玛莉艾儿一行人分别在海边与森林中遭遇到怪物大军的突袭。大量怪物的涌现严重威胁到【幻境神话】中【大地人】的领土，为此他们意图将歼敌的任务强加于【圆桌会议】等人身上，双方的谈判一时陷入僵局。就在这时，平日无所事事的懒惰公主蕾妮希雅突然闯入了会议……

定价：各24.00~26.00元

©2011 Touno Mamare

◎著者：(日)川原砾　◎绘者：(日)abec

爱丽丝终于出现在了桐人和尤吉欧面前，这次重逢带来的将会是喜悦？还是——

刀剑神域12 Alicization Rising

　　桐人和尤吉欧被关进了"公理教会"之象征"中央大圣堂"的地下牢房，凭借桐人的聪明才智，两人最终得以逃脱。知道桐人是"外部"人类的神秘少女卡迪纳尔帮助了他们，两人为了让爱丽丝恢复原样，向塔的顶点进发！

定价：24.00元

©REKI KAWAHARA 2013

国际恐怖分子入侵弦神岛!!
第四真祖的日常依旧不太平……

◎著者：(日) 三云岳斗　◎绘者：(日) 麻喵子

狂袭系列 2 战王的使者

　　"第四真祖"晓古城，总算适应了让监视者姬柊雪菜跟进跟出的生活，并逐渐取回自己安详无忧的日常节奏。不过，国际恐怖分子这时入侵了弦神岛。新的同伴（？）的加入，令战斗白热化！在热带人工岛展开的学园动作奇幻小说，众所盼望的第二弹！

定价：27.00元

©GAKUTO MIKUMO 2011

◎著者：(日)更伊俊介　◎绘者：(日)锅岛哲弘

『狗剪刀』系列首部短篇集强势登场！
记录一人一狗的全新日常故事！

狗与剪刀的正确用法 Dog Ears 1 待续

被强盗杀死的我作为狗复活了。不过反正能够看书，没什么问题。我作为大人气作家秋山忍（夏野雾姬）的养犬，每天享受着读书之乐，但是，本田书店要倒闭?!书、书要买不到了……另外还收录了《祸从狗出》等数篇短篇。备受瞩目的短集第一弹，描写了向我袭来的危险日常！

定价：25.00元

©2011 Shunsuke Sarai

图书在版编目(CIP)数据

打工吧!魔王大人.9/(日)和原聪司著;(日)029绘;邱淑愉译.— 南昌:百花洲文艺出版社,2014.6

ISBN 978-7-5500-0976-9

Ⅰ.①打… Ⅱ.①和…②0…③邱… Ⅲ.①长篇小说-日本-现代 Ⅳ.①I313.45

中国版本图书馆CIP数据核字(2014)第094195号

江西省版权局著作权登记号:14-2014-067

原著名:《はたらく魔王さま!9》,著者:和ヶ原聪司,绘者:029,日版设计:KIMURA DESIGN LAB
©SATOSHI WAGAHARA 2013
Edited by ASCII MEDIA WORKS
First published in Japan in 2013 by KADOKAWA CORPORATION, Tokyo.
Chinese translation rights arranged with KADOKAWA CORPORATION, Tokyo.
Translation copyright ©2014 by Guangzhou Tianwen Kadokawa Animation & Comics Co., Ltd.

本书为引进版图书,为最大限度保留原作特色、尊重原作者写作习惯,故本书酌情保留了部分外来词汇。特此说明。

出 版 者	百花洲文艺出版社
社 址	南昌市红谷滩世贸路898号博能中心9楼 邮编:330038
书 名	打工吧!魔王大人9
著 者	(日)和原聪司
绘 者	(日)029
译 者	邱淑愉
出 版 人	姚雪雪
责任编辑	张 越 王丰林
特约编辑	徐嘉悦
美术编辑	周文旋
经 销	全国新华书店
制版印刷	利丰雅高印刷(深圳)有限公司
开 本	1/32 787mm×1092mm
印 张	9
字 数	210千字
版 次	2014年6月第1版
印 次	2014年6月第1次印刷
定 价	27.00元

ISBN 978-7-5500-0976-9

赣版权登字:05-2014-138

版权所有 侵权必究

本书如有印装质量问题,请与广州天闻角川动漫有限公司联系调换。
联系地址:中国广州市黄埔大道中309号 羊城创意产业园 3-07C
电话:(020)38031051 传真:(020)38031253 官方网站:http://www.gztwkadokawa.com/
广州天闻角川动漫有限公司常年法律顾问:北京市盈科(广州)律师事务所